Pressler · Goethe in der Kiste

Mirjam Pressler

Goethe in der Kiste

Illustrationen
von Edith Lang

Loewe

CIP-Kurztitelaufnahme der Deutschen Bibliothek

Pressler, Mirjam:
Goethe in der Kiste / Mirjam Pressler. –
1. Aufl. – Bindlach: Loewe, 1987
ISBN 3-7855-2102-2

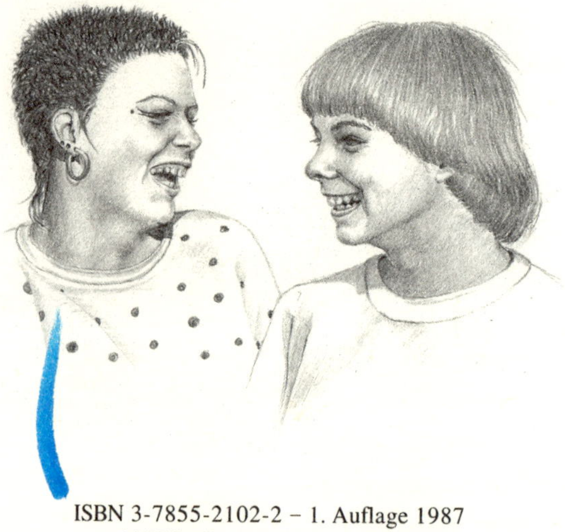

ISBN 3-7855-2102-2 – 1. Auflage 1987

Umschlagillustration: Edith Lang
Satz: Knipp, Wetter
Druck und Bindung: Tagblatt-Druckerei, Haßfurt
Printed in Germany

1.

Simone hockt vor der schmalen, hohen Kommode im Schlafzimmer ihrer Eltern. Sie hat die unterste Schublade aufgezogen und einen Packen Briefe herausgenommen. Briefe, die ihr Vater früher an ihre Mutter geschrieben hat. Die meisten stammen aus einer Zeit, als es Simone noch nicht gegeben hat. Als ihre Eltern noch dachten, sie würde ein Simon. Hier, ein Brief aus Toronto. „Mein geliebtes Knuddelchen", schrieb der Vater. Simone kichert. Ihre Mutter als Knuddelchen! Unterschrieben ist der Brief mit „Dein Herbie". Na ja, jetzt nennen sie sich nur noch Caroline und Herbert. Sonst steht aber nichts Spannendes in dem Brief. Nur von Sehnsucht und Liebe und bald wieder da sein. Und daß er ihr was Schönes mitbringen wird.

Simone steckt den Brief wieder an die richtige Stelle im Stapel und verstaut ihn in der Schublade. Sehr lange wird es nicht mehr dauern, bis ihre Mutter vom Friseur zurückkommt. Simone legt das Kissen, auf dem sie gesessen hat, wieder auf den Stuhl zurück und zupft es gerade, bevor sie das Schlafzimmer verläßt. Knuddelchen!

Vier Uhr. Simone holt ihr Fahrrad aus der Garage. Noch ungefähr zwei Stunden bis zum Abendessen. Zeit genug, um Karin zu besuchen und ihr von Knuddelchen zu berichten.

Der Löwenzahn neben dem Rosenbeet ist nachgewachsen. Simone pflückt ihn ab, als Mitbringsel für Sebastian, das Meerschwein. Schließlich ist heute Freitag, und freitags hat Sebastian immer Geburtstag. Weil Meerschweine doch nicht so alt werden wie Menschen.

Als Simone zurückkommt, ist ihr Vater noch nicht da. Gut so, dann kann sie noch ein bißchen fernsehen.

Sie geht ins Wohnzimmer. Durch die offene Tür zur Küche kann sie ihre Mutter beobachten, die das Abendessen vorbereitet. „Ich bin wieder da", ruft Simone und rückt den Fernsehsessel so, daß ihre Mutter von der Küche aus nur die Lehne sehen kann. Die Mutter bewegt sich schnell. Kühlschrank auf, Kühlschrank zu. Schublade auf, Schublade zu.

Simone macht den Fernseher an und hockt sich in den Sessel. *Meister Eder und sein Pumuckl.* Sie stellt den Ton ganz leise, damit ihre Mutter nicht gestört wird. Sonst sagt sie womöglich, Simone soll das Ding ausmachen und lieber beim Tischdecken helfen.

Simone zieht die Knie an den Bauch und macht es sich bequem. Hinter ihrem Rücken geht die Mutter zwischen dem Eßtisch und der Küche hin und her. Mit einem kurzen Seitenblick stellt Simone fest, daß es Brot, Wurst und Käse gibt. Ihre Mutter bringt gerade ein Glas mit sauren Gurken. Die neuen, winzigen Schafslocken liegen fest um ihren Kopf.

Pumuckl fällt auf die Nase und kreischt. Simone kichert.

In diesem Moment klappt die Haustür. Das ist der Vater. Vom Flur her ist das Rascheln von Stoff zu hören, gedämpftes Aneinanderstoßen von Holz, als er den

Mein geliebtes Knuddelchen
Heute früh bin ich in Toronto
Frau
Caroline Klemm
6371 Ellerstadt
Pinienweg3
GERMANY
Caroline Klemm
Ellerstadt
Pinienweg3
GERMANY

Kleiderbügel von der Stange nimmt. Er zieht seine Anzugjacke aus und hängt sie auf den Bügel. Dann bindet er seine Krawatte ab. Das tut er jeden Abend, sobald er zur Wohnungstür hereingekommen ist.

„Hallo, Kleines“, sagt er zu Simone. „Schaust du dir schon wieder diesen Schund an?“

„Hallo, Papa“, sagt Simone. „Das ist kein Schund, das ist Pumuckl.“

Der Vater geht zum Eßtisch und setzt sich. „Alles in Ordnung?“ fragt er. Das fragt er immer.

Simones Mutter nickt. „Und bei dir?“

Er zögert. „Übernächste Woche muß ich nach Ägypten. Zwei oder drei Wochen. Tut mit leid, es ist nicht zu ändern.“

Schon wieder, denkt Simone.

„Schon wieder?“ fragt ihre Mutter. Bestimmt macht sie jetzt ein ganz verkniffenes Gesicht, Simone schaut lieber gar nicht hin.

„Kann nicht mal ein anderer?“ fragt ihre Mutter. „Warum immer du? Es muß in dieser Firma doch auch Leute geben, die keine Familie haben.“

Simone legt die Arme fest um ihre Knie und zieht die Schultern hoch. Diesmal ist es Ägypten. Das letztemal war es Kenia. Das vorletztemal Norwegen.

„Hör doch auf mit dem Theater, Caroline“, sagt der Vater. „Das ist eben mein Beruf. Das hast du doch gewußt, als du mich geheiratet hast.“

Simone macht den Pumuckl aus und geht leise in ihr Zimmer. Sie hat keine Lust, sich die Debatte anzuhören. Sie kennt sie zur Genüge. Die Mutter beschwert sich, daß der Vater in der Weltgeschichte herumfährt und sie immer allein zu Hause sitzen muß. Und der Vater sagt, das sei nun mal sein Beruf, damit würde er das nötige Geld verdienen.

Simone nimmt das Buch, das aufgeschlagen auf ihrem Kopfkissen liegt, und versucht zu lesen. Märchen. Seit neuestem liest sie wieder Märchen, obwohl sie eigentlich schon zu alt dafür ist. Mit dem Lesen klappt es aber nicht, sie kann sich nicht konzentrieren. Deshalb legt sie das Buch zurück, geht in den Flur und ruft Karin an.

„Hallo“, sagt Karin. „Du mußt brüllen, bei uns ist der Teufel los. Hörst du's?“

Das Kindergeplärr im Hintergrund ist nicht zu überhören. Das sind Max und Moritz.

„Ich hätte auch gern Geschwister“, sagt Simone.

Es klickt ein paarmal in der Leitung, aber Karin ist noch dran. „Du hast ja keine Ahnung von Geschwistern“, sagt sie, „und Max und Moritz siehst du auch immer nur ein paar Stunden. Soll ich sie dir schenken? Du kannst sie haben, ich binde auch noch blaue Schleifen drum. Ich verstehe wirklich nicht, warum meine Mutter unbedingt noch Kinder gewollt hat. Eines hätte doch gereicht, ich nämlich. Und billiger wäre es auch gewesen. Warum rufst du eigentlich an?“

„Ich wollte dir erzählen, daß mein Vater bald nach Ägypten fährt“, sagt Simone und denkt, daß ihre Mutter jetzt wahrscheinlich weint.

„Mensch, hast du's gut“, sagt Karin. „Was, glaubst du, bringt er dir diesmal mit? Ich an deiner Stelle würde mir einen Kamelsattel wünschen. Einen ganz echten, der noch stinkt.“

„Vielleicht“, sagt Simone. Aus dem Wohnzimmer klingt die Stimme ihres Vaters. Ruhig und beherrscht. *Beherrschen* und *sich zusammennehmen* sind seine Lieblingswörter. Simone kann sich nicht erinnern, daß er jemals laut geschrien hätte, so wie Karins Vater das manchmal tut.

„Vielleicht wünsche ich mir auch eine goldene Kette“, sagt sie in den Hörer. Das hat sie gestern in einem Märchen gelesen: Als der König von seiner Reise zurückkam, brachte er seiner Tochter eine goldene Kette mit.

Einen Augenblick ist es still, im Wohnzimmer und am Telefon. Dann sagt Karin: „Mein Vater fährt nie weg. Und mitbringen tut er mir höchstens mal eine Tafel Schokolade. Allerhöchstens. Du hast es wirklich gut.“

„Ja, ich hab's gut“, sagt Simone. „Tschüs.“ Sie legt den Hörer auf. Sie kann nicht verstehen, was ihr Vater sagt, aber sie hört an seiner Stimme, daß noch nicht wieder alles in Ordnung ist. Wenn wenigstens mein Walkman nicht kaputt wäre, denkt Simone. Dann könnte ich jetzt die Kopfhörer aufsetzen und hätte Ruhe. Sie gibt dem Telefontisch einen Tritt. Das Telefon wackelt, sie hält es erschrocken fest.

Beim Abendessen hat ihre Mutter dicke Augen und ißt kaum etwas.

„Na, mein Schatz, soll ich dir ein kleines Krokodil für die Badewanne mitbringen?“ fragt der Vater Simone.

Sie lacht ihn an, obwohl ihr das Lachen vergangen ist, und sagt, ein Kamel wäre ihr lieber. Sie hat einen Klumpen im Bauch und einen Klumpen im Hals. Das Brot ist trocken und rutscht auch durch die Leberwurst nicht besser.

Nach dem Essen geht Simone gleich ins Bett. Freiwillig und ohne Aufforderung. Doch ihrer Mutter fällt das noch nicht einmal auf.

Simone rückt einen Stuhl ans Regal und steigt hinauf. Ganz oben, im vorletzten Fach, stehen die alten Bilderbücher, die sie nicht mehr braucht. Aber sie sind zu schade zum Wegwerfen, hat ihre Mutter gesagt. Hinter diesen Büchern ist das neueste Versteck von Zoppel, dem Uralt-Teddy. Zoppel hat braune Augen und ein hellgelbes Fell. Hellgelb wie die Sanddünen am Atlantik, wo sie immer in den Sommerferien hinfahren. Wenn Zoppel früher dort im Sand gelegen hat, konnte man fast nur noch seine braunen Augen sehen. Seit Monaten muß Simone Zoppel vor ihrer Mutter schützen. Wenn sie Zoppel begegnet, sagt sie immer Sachen wie *abgenagt, dreckig, unhygienisch* und *außerdem bist du schon viel zu groß dafür.* Deshalb sorgt Simone dafür, daß Zoppel der Mutter aus den Augen bleibt. Das vereinfacht das Zusammenleben.

Simone holt Zoppel aus seinem Versteck und schiebt ihn schnell unter ihre Zudecke. Dabei weiß sie selbst, daß sie übertrieben vorsichtig ist. Heute wird ihre Mutter nicht mehr zu ihr ans Bett kommen, zum Gute-Nacht-Sagen. Das tut sie nie, wenn es eine Szene gegeben hat.

Simone kriecht zu Zoppel unter die Decke und streichelt ihn. Ihm fehlt ein Ohr, und sein Fell ist nicht mehr sehr dicht, das stimmt. Aber manchmal braucht sie ihn sehr. Dringend. Heute zum Beispiel.

Lieber streitende Brüder als streitende Eltern, denkt Simone. Wenn man Max und Moritz zwei Lutscher hinhält, hören sie sofort auf zu kreischen. Bei Eltern ist das nicht so einfach. Manchmal ist Simone fast froh, wenn ihr Vater wegfährt, damit die Streitereien aufhören.

Simone drückt ihre Nase in Zoppels Fell. Wenn sie sich Mühe gibt, kann sie das Meer riechen. Schade, daß es noch so lange dauert bis zu den Sommerferien. Bis zum Atlantik.

Der Streit ist auch am nächsten Tag noch nicht vorbei. Die Mutter hat alle Blumentöpfe auf den Tisch geräumt und putzt das große Fenster im Wohnzimmer, als Simone von der Schule nach Hause kommt.

Sie ist gereizt und ärgert sich, weil Simone keinen Appetit auf die extra ihretwegen gekochte, wunderbare Hühnersuppe hat. Dann sagt sie, Simone solle gefälligst ihren Plattenspieler leiser stellen. Und sie fragt: „Wann räumst du endlich mal wieder deine Bücher auf?"

Simone rückt die Bücher zurecht, daß die Buchrükken genau mit den Regalbrettern abschließen. Dabei streichelt sie Zoppel und legt ihn bequemer hin. Dann nimmt sie ihr Schulzeug und geht zu Karin, zum Hausaufgabenmachen. Jedenfalls sagt sie das zu ihrer Mutter.

Das ganze Wochenende über ist die Mutter schweigsam und macht ein trauriges Gesicht. Der Vater mäht den Rasen und räumt die Garage auf. Simone schläft nachts mit Zoppel.

Am Montagabend ist plötzlich alles anders. Simone ist in ihrem Zimmer, als sie die aufgeregte und erfreute Stimme ihrer Mutter hört. „Wirklich? Aber wie . . ."

Simone macht leise ihre Zimmertür auf. Trotzdem versteht sie nicht, was ihre Eltern reden. Sie schleicht zum Wohnzimmer und hält ihr Ohr ans Schlüsselloch. Nichts, nur Lachen.

Beim Essen rücken sie damit heraus. Die Mutter fährt mit nach Ägypten. Simones Vater hat sich bei seiner Firma erkundigt, ob das ausnahmsweise möglich wäre. Es ist ausnahmsweise möglich, die Firma übernimmt die Hotelkosten, und die Eltern müssen nur den Flug der Mutter bezahlen.

„Und ich?" fragt Simone. „Was ist mit mir?"

Die Eltern wechseln einen Blick. Die Mutter macht ein unbehagliches Gesicht. „Wie wär's, wenn du in der Zeit zu Onkel Rainer und Tante Lore fahren würdest? Die eine Woche Schule ist nicht so schlimm, das kannst du leicht nachholen, haben wir uns gedacht. Und dann fangen sowieso die Pfingstferien an."

„Du weißt genau, daß Astrid mich nicht leiden kann", sagt Simone. „Sie ist immer so hochnäsig zu mir."

Die Mutter macht eine beschwichtigende Handbewegung. „Nun übertreib mal nicht. Nicht leiden können! Deine Kusine ist eben älter als du, das ist alles. Du kannst ja mit Florian spielen. Meinst du nicht?"

„Florian ist ein Baby", sagt Simone. „Was soll ich mit dem?"

„Und wer ist jetzt hochnäsig?" fragt der Vater.

Simone zuckt mit den Schultern. Aber sie merkt, daß ihre Eltern fest entschlossen sind. Jedenfalls vorläufig. Deshalb fragt sie: „Und für wie lange?"

Ihre Mutter streicht ihr über den Kopf. „Das ist noch

nicht sicher. Zwei Wochen, höchstens drei. Kommt darauf an, wie lange die Reparatur dauert."

„Länger als drei Wochen auf gar keinen Fall", sagt der Vater.

„Das ist doch nicht so schlimm, oder?" fragt die Mutter. „Ich will auch mal was anderes sehen als nur den Haushalt. Das verstehst du doch?"

Simone schaut aus dem Fenster und nickt. Im Moment bleibt ihr nichts anderes übrig. Der Vater macht ein zufriedenes Gesicht und sagt, er habe es ja gewußt. So ein großes Mädchen wie sie, und so vernünftig. Seine Tochter.

Er ist stolz auf sie.

„Und warum kann ich eigentlich nicht mit nach Ägypten?" fragt Simone.

Ihr Vater wehrt ab. „Ausgeschlossen. Schließlich handelt es sich um eine Dienstreise, nicht um einen Familienausflug. Auch wenn Mama mitfährt."

Und die Mutter meint, sie müßten auch mal allein sein. Diese Reise wäre eine gute Möglichkeit für beide.

„Möglichkeit für was?" fragt Simone.

Darauf bekommt sie keine Antwort.

2.

Simone sitzt hinten im Auto, hinter ihrer Mutter. Sie hat ihr Gesicht zur Seite gedreht, so daß sie den kratzigen Stoff der Rückenlehne an ihrer Backe spürt, und schaut hinaus.

Draußen flitzt Landschaft vorbei. Bäume, Wiesen und Felder mit kurzen, grünen Stengeln. Ganz gleichmäßig, wie abrasiert. Das erinnert sie an die Bartstoppeln ihres Vaters in den Ferien.

Ihre Mutter dreht sich zu ihr um. „Es ist ja nicht für lange", sagt sie. „Und wir bringen dir auch was besonders Schönes mit. Was wünschst du dir denn?"

„Einen Kamelsattel", antwortet Simone automatisch.

Ihre Mutter nickt. „Und noch eine Überraschung", verspricht sie. „Du wirst schon sehen."

Dann dreht sie sich wieder um.

Hinter dem Wald tauchen Fabrikschornsteine auf. Hoch über den Bäumen schwebt ein großer Vogel. „Wann geht eigentlich euer Flugzeug morgen früh?" fragt Simone. „Ist es noch dunkel, wenn ihr abfliegt?"

„Nein", antwortet ihr Vater. „Die Maschine geht kurz nach acht. Mittags sind wir schon in Kairo."

„Kairo", sagt die Mutter sehnsüchtig. „Ägypten. Der Nil. Die Pyramiden. Ich kann's noch gar nicht glauben. Ich wollte schon immer mal nach Ägypten."

Ich auch, denkt Simone. Aber das ist euch ja egal, mich nehmt ihr nicht mit.

Der Vater sagt etwas, die Mutter lacht.

Knuddelchen und Herbie, denkt Simone böse. Der Zorn liegt ihr wie ein heißer Brocken im Bauch und wird immer heißer. Gleichzeitig fühlen sich ihre Hände und Füße eiskalt an. Seltsam.

„Bei Tante Lore und Onkel Rainer gefällt es dir bestimmt, du wirst schon sehen", sagt die Mutter.

Simone schaut starr aus dem Fenster. Ihr Vater könnte wirklich etwas langsamer fahren. Er weiß doch genau, daß ihr im Auto leicht schlecht wird. Außerdem will sie auch nicht so früh ankommen.

Sie überholen einen Lastwagen mit Anhänger. NL. Niederlande, Holland. Einen Moment lang sieht Simone nur den Lastwagenanhänger, dann flirrt das Fahrerhaus an ihr vorbei. Doch noch bevor ihr wirklich schlecht wird, ist die Landschaft wieder da. Schilder zeigen die nächste Ausfahrt an. Simone kann die Namen jedoch kaum lesen, weil ihr Vater so rast.

„Bald haben wir's geschafft", sagt er. „Höchstens noch eine halbe Stunde."

„Wird auch Zeit", stöhnt die Mutter. „Ich brauche Kaffee, ich bin fast am Verdursten."

„Und danach den ganzen Weg wieder zurück", sagt der Vater.

Ja, ohne mich, denkt Simone. Mich laßt ihr dort. Aber das sagt sie nicht laut. Sie will nicht noch einmal davon anfangen. Es bringt nichts.

Das verstehst du doch, hat ihre Mutter gesagt.

Und der Vater hat hinzugefügt: Natürlich versteht sie

das, sie ist ja kein kleines Kind mehr. Dann könnt ihr mich ja auch allein zu Hause lassen, wenn ich kein kleines Kind mehr bin, hat Simone gesagt, dann kann ich diese Woche auch in die Schule gehen.

Davon wollten sie aber nichts wissen. Obwohl die Schule sonst doch so ungeheuer wichtig für das ganze spätere Leben war.

Ruf deinen Bruder an, hat Simones Vater zu ihrer Mutter gesagt. Wozu hat man schließlich Familie.

Die Mutter ist zum Telefon gegangen und hat Onkel Rainer angerufen, ihren Bruder.

Simone wischt sich über die Augen. Aber sie will nicht weinen, das nützt nichts. Die Mutter läßt sich nicht mehr umstimmen. Sonst hätte sie bereits am Sonntag einen Rückzieher gemacht, als Simone sich plötzlich so krank fühlte, daß sie einen ganzen Tag lang im Bett liegen mußte.

„Noch dreiundzwanzig Kilometer“, sagt der Vater. Er drückt fester auf das Gaspedal, die Landschaft flitzt noch schneller vorbei. Simone macht die Augen zu.

Sie döst und macht die Augen erst wieder auf, als der Vater in eine Ausfahrt einbiegt. Jetzt geht es durch ein Gewirr von Straßen, Unter- und Überführungen, Brükken. Simone versteht nicht, wie ihr Vater in diesem Durcheinander den richtigen Weg findet.

Doch dann sind sie wirklich in der Stadt. Der Verkehr wird dichter, immer mehr Leute laufen auf den Bürgersteigen oder überqueren die Straße an den Ampeln. Diese Ampeln. Eine nach der anderen. Halten, anfahren, wieder halten, wieder anfahren. Simone wird es schlecht. Sie drückt sich fester in die Ecke.

Dann sind sie angekommen. Simone erkennt das Haus. Es ist zwar genauso hoch wie die Nachbarhäuser, hat die gleichen schmalen, verschnörkelten Fenster und die vergitterten Balkons, aber es ist rosa angestrichen.

Der Vater muß oft vor- und zurückfahren, bis er das große Auto endlich in der engen Parklücke hat. „Das

würde mich verrückt machen", sagt er, „wenn ich keine Garage hätte."

Simone steigt aus. Sie nimmt die schöne, dunkelrote Reisetasche, die sie extra für diese Fahrt bekommen hat. Obwohl die Tasche sehr teuer war. Aber die Mutter war äußerst nachgiebig, als sie zusammen in die Stadt gefahren sind, um für Simone Sachen für die Reise zu kaufen. Sogar als Simone wieder von dem Walkman anfing, der schon seit zwei Monaten kaputt war, hat die Mutter nur kurz gezögert.

Der neue Walkman liegt mit zwei ebenfalls neuen Kassetten oben in der dunkelroten Reisetasche. Ein Walkman mit allen Schikanen, sogar zum Aufnehmen.

Der Vater trägt den Koffer.

Das Treppenhaus ist hoch und düster, wie oft in solchen alten Häusern. Wie bei ihrem Zahnarzt zu Hause. Es sieht irgendwie unheimlich aus. Vielleicht liegt das an den schmalen Fenstern, durch die so wenig Licht fällt. Und an den dunklen Böden, die das Licht zusätzlich schlucken. Oder an den düsteren Fluren.

Simone steigt neben ihrer Mutter die Treppe hinauf. Der Vater geht hinter ihnen. Das Treppengeländer ist aus verschnörkeltem Eisen mit einer Griffleiste aus poliertem Holz. Simone streicht im Vorbeigehen darüber. Es fühlt sich angenehm an, glatt und gewölbt.

Im zweiten Stock schnauft die Mutter laut, und Simone stöhnt. Der Vater nimmt ihr die Reisetasche ab. Im dritten Stock bleibt die Mutter stehen. „So viele Stufen", keucht sie. „Hier würde ich es mir schnell abgewöhnen, beim Einkaufen das Backpulver zu vergessen."

Dann sind sie endlich im vierten Stock. Simone

nimmt ihre neue Reisetasche wieder selbst. Am liebsten würde sie sogar die Hand ihrer Mutter nehmen und sich an ihr festhalten. Aber dafür ist sie nun wirklich schon zu alt. Leider.

Ihr Vater klingelt. Die Tür geht auf. Onkel Rainer umarmt und küßt Simones Mutter. Dann umarmt er Simone und küßt sie mehrmals, sogar auf den Mund. Und dann umarmt er auch ihren Vater, küßt ihn aber nur auf die Backen. Trotz der Dämmerung im Flur kann Simone sehen, daß ihr Vater nicht besonders glücklich aussieht. Er mag Küssereien nicht.

Aber da ist Tante Lore, und es geht von vorn los. „Astrid! Florian! Sie sind da!“ schreit sie laut.

Astrid und Florian kommen durch den breiten, offenen Bogen, der Wohnzimmer und Diele miteinander verbindet. Vom Wohnzimmer her hört man laute Musik, das plärrende Singen einer Frau. Simone erkennt Astrid nicht gleich. Früher hatte Astrid Afrolocken, jetzt hat sie millimeterkurz geschorene Haare und sieht auf den ersten Blick aus wie ein Junge. Aber nur am Kopf. Sonst hingegen sieht sie fast wie eine Frau aus. Das kann man deutlich erkennen, obwohl sie einen verwaschenen Schlabberpulli anhat. An ihrem linken Ohrläppchen baumelt langes Glitzerzeug. So dürfte ich nie rumlaufen, denkt Simone. Aber das würde ich auch nicht wollen.

Astrid bleibt im Türrahmen stehen. Forian drängt sich an ihr vorbei. Der sieht zum Glück aus wie immer, hübsch, braunlockig und ein bißchen schmuddelig. Wieder Geküsse und Gedrücke und Durcheinandergerede.

Astrid ist bestimmt einen halben Kopf größer als Simone. Florian natürlich nicht.

„Aber er ist groß für sein Alter", sagt Simones Mutter. Tante Lore nickt, und Onkel Rainer streicht Florian über den Kopf. „Ein lieber Junge", sagt er mit einem Blick auf Astrid. „Wenigstens er macht uns keine Schwierigkeiten."

Astrid hebt die rechte Schulter hoch, läßt sie wieder fallen und geht in die Wohnung. Die anderen folgen ihr. Endlich. Diese Küsserei im Flur, denkt Simone. Es hätten ja Nachbarn vorbeikommen können.

„Wir haben dir die Kammer hergerichtet", sagt Tante Lore und legt ihren Arm um Simones Schultern.

An der linken Flurwand, über dem offenen Schuhregal, hängen übergroße Tierposter. Ein Bär, ein Elefant und ein Eichhörnchen. Als sie das letztemal hier waren, hingen dort Bäume. „Bei uns im Wohnzimmer hängen immer dieselben Bilder", sagt sie.

Tante Lore nimmt die Hand von ihrer Schulter und macht die Tür zur Kammer auf. Die ist einfach nur winzig. Ein Bett mit einem bunten Flickenüberwurf steht drin, eine angemalte Kommode, vor dem Fenster ein Tisch und ein Stuhl. Auf dem Tisch liegt eine Tafel Schokolade.

„Zur Begrüßung", sagt Tante Lore.

„Meine Mutter sieht es nicht gern, wenn ich zuviel Schokolade esse", sagt Simone. „Das ist schlecht für die Zähne."

Sie stellt ihre dunkelrote Reisetasche neben die Kommode. Die Tasche sieht in dieser Umgebung noch viel neuer und schöner aus. Ihr Vater kommt herein, und legt den Koffer auf die bunte Flickendecke und klappt ihn auf.

„Du kannst ja schon mal deine Sachen auspacken“, sagt er und geht wieder hinaus.

Die Kammer ist mit Simone, Tante Lore und dem Gepäck total überfüllt.

„Gefällt es dir?“ fragt Tante Lore. „Eine Zeitlang kommst du doch damit aus, oder?“

„Mein Zimmer zu Hause ist viel größer“, sagt Simone bockig. Und Tante Lore sagt noch einmal, es wäre ja nicht für lange, und spielen könne sie überall in der Wohnung.

Simone nickt. Insgeheim ist sie sicher, daß sie nicht spielen wird. Nur trauern und leiden und böse sein. Sogar jetzt leidet sie schon und hat Heimweh. Vor allem nach Zoppel. Den hat sie in einem unbeobachteten Augenblick in ihren Koffer stecken wollen, doch irgendwie gab es keine unbeobachteten Augenblicke, und auf einmal standen ihre Tasche und ihr Koffer fertig gepackt neben ihrer Mutter. Nichts mehr zu machen. Simone ist es gerade noch gelungen, Zoppel heimlich hinter die Bilderbücher zu stopfen.

Tante Lore sieht gereizt aus. Sie geht zur Küche, um Kaffee zu kochen. Als sie am Wohnzimmer vorbeigeht, ruft sie: „Caroline, kommst du mit und gibst mir noch ein paar Gebrauchsanweisungen für Simone?“

Simones Mutter folgt ihr in die Küche.

Der Vater redet mit Onkel Rainer. Jemand hat das Radio leiser gedreht.

Onkel Rainer und Simones Vater lachen laut.

Wenigstens die letzten paar Minuten könnten sie sich

um mich kümmern, wenn sie mich dann schon im Stich lassen, denkt Simone verbittert. Sie sollten traurig sein und ihr über den Kopf streichen und ihr besorgte Blicke zuwerfen, so würde es sich gehören. Aber was machen sie? Amüsieren sich in der Küche und im Wohnzimmer und tun, als wäre alles ganz normal.

Normal! Von wegen! Simone zerrt die Kommodenschublade auf. Sie nimmt die oberste Lage Kleidung aus ihrem Koffer und schmeißt sie in die Schublade.

„Mensch, du hast aber feine Sachen“, sagt Florian. Sie hat ihn nicht kommen gehört, er steht plötzlich neben ihr, streicht mit seinem Schmuddelfinger über ihren neuen rosa Nicki und macht ein andächtiges Gesicht.

Da nimmt sie das Zeug wieder heraus und verteilt es ordentlich in die Schubladen. Pullover, Blusen, T-Shirts in die obere, Strümpfe und Unterwäsche in die zweite, Röcke und Hosen in die dritte. „Daheim habe ich einen ziemlich großen Schrank“, sagt sie. Sonst nichts. Wozu auch, was verstehen Jungen schon von Anziehsachen. Noch dazu so kleine Jungen.

Dann geht alles sehr schnell. Viel zu schnell. Das Kaffeetrinken, bei dem sie um den runden Eßtisch im Wohnzimmer sitzen und Simone nicht weiß, was sie sagen soll. Auch ihre Eltern sagen jetzt nicht mehr viel, sie haben aufgehört zu lachen. Dann noch die übliche Küsserei zum Abschied.

Simone begleitet ihre Eltern zum Auto.

„Mach's gut und sei brav“, sagt ihr Vater und drückt ihr noch einen Fünfzigmarkschein in die Hand. „Wenn du mehr brauchst, sag es Tante Lore. Ich habe ihr Geld für dich dagelassen.“

Simone nickt. Sie bekommt kein Wort heraus. Ihre Mutter umarmt sie und weint ein bißchen. Simone macht sich steif. Das hätte sie sich vorher überlegen sollen, denkt sie. Und weil sie das denkt, muß sie nicht die Spur weinen.

„Nimm dich doch zusammen, Caroline“, sagt ihr Vater. „Du kannst das Kind doch nicht ewig am Rockzipfel haben.“

Seine Stimme klingt gereizt. Er sitzt schon im Auto und macht von innen die Tür auf. Simone weiß, daß er Weinen, Küssen und Warten nicht leiden kann. Ihre Mutter weiß es auch, sie steigt schnell ein.

Gleich macht sie den Mund auf und sagt, daß sie nicht mit nach Ägypten fährt, denkt Simone. Daß sie mich nicht allein läßt und hierbleibt.

Aber ihre Mutter macht den Mund nur auf, um zu sagen, daß sie viele Ansichtskarten schicken wird. Dann fährt das Auto los. Simone fängt erst an zu winken, als sie es zwischen den vielen anderen Autos nicht mehr erkennen kann.

Sie winkt eine ganze Weile. Dann dreht sie sich um und geht ins Haus. Vor der Treppe bleibt sie stehen. Zwei oder drei Wochen. Das sind vierzehn- bis einundzwanzigmal schlafen, vierzehn- bis einundzwanzigmal aufwachen. Vierzehn bis einundzwanzig Nächte, und Zoppel liegt daheim hinter den alten Bilderbüchern.

Auf einmal fühlt sie sich schwach und zittrig und krank. Aber sie nimmt sich zusammen und steigt die Stufen hinauf. Bis zum vierten Stock.

3.

Simone sitzt am Tisch in der Kammer. Sie hat die Kopfhörer auf den Ohren und hört sich eine der beiden neuen Kassetten an. Der Froschkönig.

Bist du nicht schon etwas zu groß für so was? hat ihre Mutter gefragt. Die Verkäuferin hat Simone unterstützt, hat gesagt, Kinder brauchten Märchen, möglichst lange, das wäre doch besser als das ganze Zeug mit Sex und Gewalt und so. Doch die Mutter hatte einen so zweifelnden Ausdruck im Gesicht, daß Simone dann schnell noch eine Kassette von Supertramp ausgesucht hat. Bei Supertramp kann wirklich keiner sagen, das wäre zu kindisch. Und es braucht ja niemand zu wissen, daß Simone nur Froschkönig hören will. Froschkönig gefällt ihr nämlich viel besser.

Aber im Moment kann sie sich nicht richtig aufs Zuhören konzentrieren. Sie riecht etwas. Schon seit einer geraumen Weile riecht sie es. Erst war der Geruch nur ganz leicht, jetzt wird er immer stärker.

Der König und die Königin sitzen mit ihren Töchtern am Tisch. Die Teller klappern, das Besteck klirrt, und im Hintergrund ertönt Musik. Plötzlich klopft es unheilverkündend an der Tür. Die Musik wird lauter und bricht mit einem Trommelwirbel ab. Die jüngste Prinzessin öffnet. Wer steht davor? Der Frosch natürlich!

Ihr wird der Appetit vergangen sein. Bestimmt hat sie fast brechen müssen. Simone fühlt das Würgen im Hals. Das liegt aber nicht daran, daß sie so viel Mitleid mit der Prinzessin hat. Es liegt am Lauch.

Es gibt ein paar Sachen, die sie nicht ertragen kann, weder als Geruch noch als Geschmack. Dazu gehören Lauch, Spinat und Rosenkohl.

Der König verlangt von seiner Tochter, daß sie den Frosch von ihrem Teller essen läßt. Was hat es bei denen eigentlich zum Abendessen gegeben? Vielleicht Fasanengulasch in Rahmsoße oder Forellenbäckchen mit Kroketten? Irgend etwas Besonderes jedenfalls, sicher weder Spinat noch Lauch oder Rosenkohl.

Wenn man woanders zu Besuch ist, muß man essen, was auf den Teller kommt, sagt ihre Mutter. Schon aus Höflichkeit. Höflichkeit ist oft lästig, aber Lauch aus Höflichkeit ist schlichtweg zum Kotzen.

Lauch, Spinat und Rosenkohl. Daheim versucht Simone manchmal, sich davor zu drücken. Sie sagt, ihr würde übel. Allerdings hat sie nur selten Erfolg damit. Wenn du woanders bist, mußt du es auch essen können, sagt ihre Mutter dann. Wenigstens ein bißchen. Und außerdem ist es gesund.

Die Prinzessin ist jetzt allein mit dem Frosch in ihrem Schlafgemach. Er will von ihr geküßt werden, aber sie will ihn nicht küssen. Das versteht Simone gut.

Auch die Wut und den Ekel der Prinzessin, als sie den kalten, glitschigen Frosch packt und an die Wand knallt. Batsch!

Simone zuckt zusammen und stößt einen Schrei aus. Aber es ist nur Florian, der ihr von hinten die Hand auf die Schulter gelegt hat. Noch zittrig vor Schreck nimmt sie die Kopfhörer ab.

„Du sollst zum Essen kommen“, sagt Florian. „Es gibt Lauchauflauf.“

Simone macht den Walkman aus und geht zum Eßtisch. Sie trödelt, betrachtet sogar noch das Eichhörnchen auf dem Poster in der Diele. Aber dann sitzt sie doch am Tisch, und vor ihr steht der Teller mit Lauchauflauf und Salat. Tante Lore hat ihr zuerst gegeben. Gäste bekommen immer zuerst, auch bei Simone zu Hause.

„Fang doch schon an“, sagt Tante Lore. „Guten Appetit.“

Simone schiebt eine Gabel voll Lauch in den Mund. Er schmeckt so, wie er riecht. Eklig. Sie schluckt. Zum Glück ist der Salat in Ordnung, Öl und Essig, wie zu Hause. Mit gesenktem Kopf sitzt sie am Tisch und kämpft mit dem Lauch. Von den anderen sieht sie nur die Hände, die unablässig vollgeladene Gabeln zum Mund führen. Tante Lore trägt drei Ringe an einer Hand. Astrids Fingernägel sind dreckig. Und Florian hat eine Narbe am Daumen. Außerdem redet er mit vollem Mund. Und er hat nur Salat auf dem Teller. Zwischendurch steht er auf, geht in die Küche und kommt mit einem Butterbrot wieder zurück. Lauch ißt er jedenfalls nicht.

Endlich ist Simones Teller leer. Endlich traut sie sich, den Kopf zu heben. Jetzt kann sie auch zuhören, was die anderen sagen.

„Florian soll abwaschen“, sagt Astrid. „Ich muß noch ein paar Sachen für die Schule machen.“

„Ich will aber nicht“, brüllt Florian. „Immer ich! Nur weil ich kleiner bin. Du blöde Kuh, du blöde!“

„Wir gehen jedenfalls ins Kino“, sagt Tante Lore und steht auf.

„Dir fällt kein Zacken aus der Krone, wenn du auch mal was im Haushalt machst“, sagt Onkel Rainer zu Astrid, bevor er hinter Tante Lore hergeht.

Astrid streckt ihm hinter seinem Rücken die Zunge heraus.

„Wir könnten ja zu dritt abwaschen“, sagt Simone.

Astrid macht ein hochmütiges Gesicht. „Misch du dich bloß nicht auch noch ein“, sagt sie böse. „Ich bin einfach nicht dran, das ist alles. Florian macht immer auf klein und unterdrückt, damit er nichts tun muß. Das wirst du schon noch merken.“

„Tschüs, geht nicht zu spät ins Bett und schlaft gut!“ Tante Lore und Onkel Rainer sind weg.

Simone trägt das schmutzige Geschirr durch die Diele hinüber zur Küche. Florian läßt heißes Wasser einlaufen.

„Ihr könnt ja nachher fernsehen“, sagt Astrid, geht in ihr Zimmer und macht laut die Tür hinter sich zu.

„So eine blöde Kuh“, sagt Florian noch einmal.

„Ja“, sagt Simone.

„Hilfst du mir beim Abwasch?“ fragt Florian.

Simone spült, er trocknet ab. Dann gehen sie zusammen ins Wohnzimmer, und Florian schaltet den Fernseher ein. *Einer wird gewinnen.*

Nach einer Weile steht Florian auf. „Mir wird's langweilig“, sagt er. „Du kannst es dir ja ruhig anschauen.“

Bevor Simone sagen kann, daß sie eigentlich auch

Keine Lust auf Fernsehen hat, ist er schon in der Diele. Aber er macht nicht die Tür seines eigenen Zimmers auf, er geht zu Astrid. Simone erwartet eine Fortsetzung des Geschreis von vorhin, aber alles bleibt still.

Florian ist bei Astrid, und sie, Simone, sitzt allein hier herum. Auf einem blöden Ledersofa in der blöden Sitzecke vor dem blöden Fernseher. Sie starrt auf den Bildschirm und sieht trotzdem nichts. Einmal fällt ihr auf, daß die Leute lachen und klatschen und sie nicht weiß, warum. Es interessiert sie auch nicht, sie will nur wissen, was hier in der Wohnung passiert. Keine Tür klappt. Manchmal hört sie aus Astrids Zimmer Stimmen und Gelächter.

Simone schaut sich die ganze Sendung an. Dann sogar noch die Ziehung der Lottozahlen, die Tagesschau und das Wort zum Sonntag.

Florian ist immer noch bei Astrid im Zimmer. Bestimmt spielen die irgendwas ganz Tolles und lassen Simone einfach allein hier sitzen. Wie die Mutter und der Vater! Die fliegen morgen nach Ägypten und machen sich ein schönes Leben. Was mit ihrer Tochter passiert, ist ihnen egal.

Simone macht den Fernseher aus und geht leise zur Kammer. Aus Astrids Zimmer klingt Lachen.

Simone ist müde. Sehr müde.

Und sehr allein. Wenn sie wenigstens Zoppel dabei hätte.

4.

Beim Frühstück erzählt Onkel Rainer den ganzen Film. Als er gerade beschreibt, wie am Schluß die Polizisten die beiden Spione jagen, klingelt es. Ein Junge mit fast sandgelben Haaren kommt herein.

„Hallo“, sagt er. Dann fragt er Florian, ob er mitkomme zu irgendeinem Chrissie oder so.

Florian nickt.

„Aber nur vormittags“, sagt Tante Lore. „Nach dem Mittagessen wollen wir Simone die Stadt zeigen.“

Der fremde Junge wirft Simone einen neugierigen Blick zu. Fast sandgelbe Haare und braune Augen! Er sieht ein bißchen aus wie Zoppel.

Tante Lore und Onkel Rainer sagen, sie wären heute dran mit dem Geschirr. Und bei dieser Gelegenheit würden sie den Wochenplan fürs Essen machen.

„Spaghetti Bolognese“, sagt Florian. „Und wenn euch noch was fehlt: Bohnensuppe wäre auch nicht schlecht. Mit viel Speck und wenig Sellerie.“

„Ich hätte gern mal wieder ein schönes Steak“, sagt Astrid. „Und Obstsalat mit Walnüssen.“

„Sehr wohl, Madame“, sagt Onkel Rainer. „Und an wen darf ich die Rechnung schicken?“

Onkel Rainer und Tante Lore tragen das Geschirr in die Küche. Astrid geht in ihr Zimmer, Simone bleibt allein zurück. Sie macht die Tür zum Balkon auf. Ein schönes Eisengeländer hat er, aber er ist viel zu klein. Höchstens zwei Stühle passen darauf. Auf der Straße ist jetzt, am Sonntagmorgen, nur wenig Verkehr. Simone macht die Balkontür wieder zu und geht zur Bücherwand. Sie nimmt ein Buch heraus und blättert. Keine Bilder. Sie nimmt das nächste, liest ein paar Zeilen und stellt es wieder zurück. Viele Bücher gibt es hier, viel mehr als bei ihr zu Hause. Aber längst nicht so viele wie in der Bücherei.

Simone ärgert sich, daß sich keiner um sie kümmert. Wenn ihre Mutter Besuch von Frau Marschner bekommt, ihrer Bekannten von der Volkshochschule, muß Simone immer mit Monika spielen. Obwohl die erst fünf ist und außerdem ziemlich dödelig. Aber um Gäste muß man sich eben kümmern, Tante Lore hätte das ihren Kindern ruhig beibringen können.

Unter dem Fenster steht eine Truhe. Simone wüßte gern, was darin ist. Sie schleicht hinüber und greift nach dem Deckel. In diesem Moment klappt eine Tür. Sie fühlt sich ertappt und zieht ihre Hand schnell zurück.

Es sind aber nur Florian und der fremde Junge. Lärmend verlassen sie die Wohnung. Simone hört noch eine ganze Weile den Krach, den sie auf der Treppe machen.

Sie geht in die Diele und bleibt vor Astrids Zimmertür stehen. Alles still, nur von der Küche her klingt gedämpftes Stimmengemurmel. Onkel Rainer und Tante Lore. Simone macht die Tür auf.

Von Astrid sind nur die Beine zu sehen. Gammeljeans und Turnschuhe. Mit ihrem oberen Teil liegt sie unterm

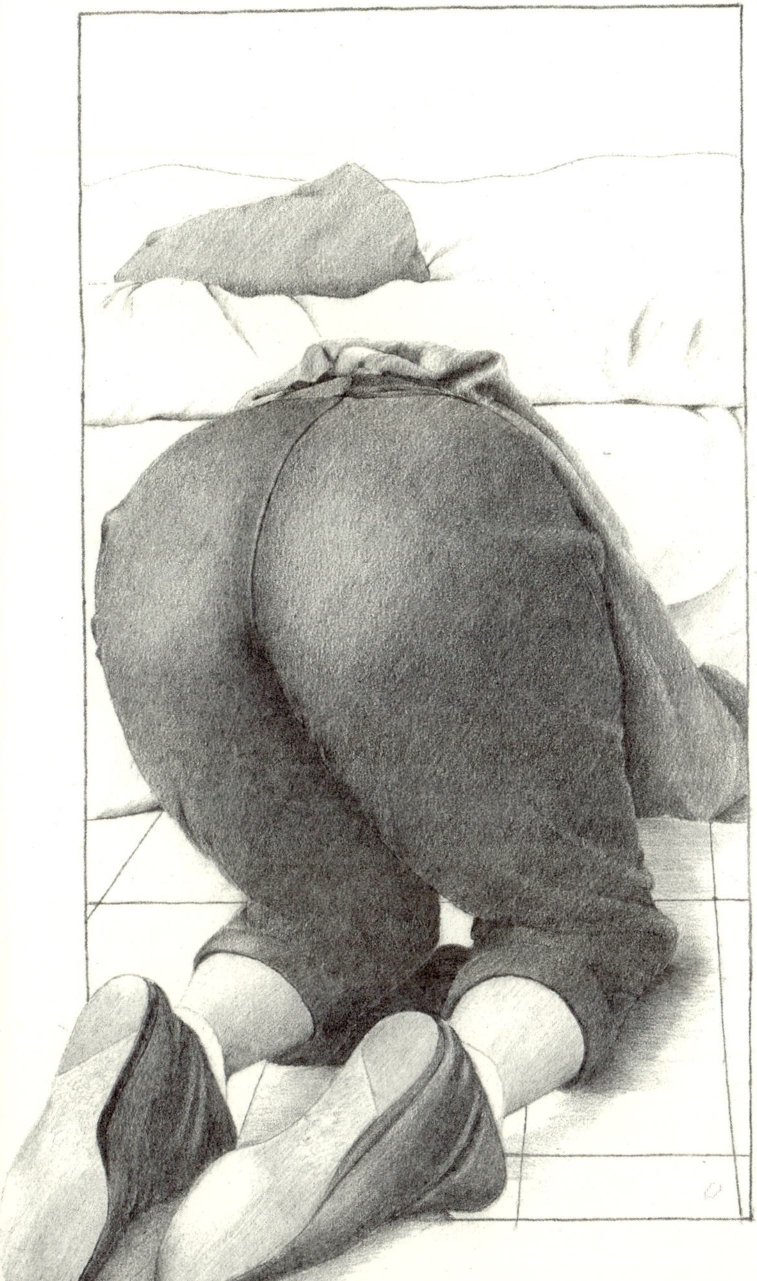

Bett. Von dort kommen seltsame Geräusche, schmatzende und schnalzende. Dazwischen irgendwas wie tü-tü-tü und du-du-du und ja-ja-ja. Simone bleibt in der Türöffnung stehen. Sie lehnt mit dem Rücken gegen die harte Kante.

„Was machst du da?“ fragt sie.

Astrids Beine fangen an zu wackeln, etwas wird zugeklappt. Astrids Unterteil rutscht, das Oberteil rutscht nach. Dann taucht Astrids Gesicht auf, rot und wütend. Und dann steht die ganze Astrid vor Simone.

„Spionierst du mir nach, oder was?“ fragt sie. „Kannst du nicht anklopfen, bevor du in ein fremdes Zimmer gehst?“

Simone duckt sich, schiebt die Schultern hoch. Astrid drängt sie zur Tür hinaus. „Lern gefälligst erst mal anzuklopfen“, sagt sie noch.

Simone geht in die Küche. Dort hocken Tante Lore und Onkel Rainer am Klapptisch vor dem Fenster. Sie machen den Speiseplan für die nächste Woche.

„Was ißt du denn besonders gern, Simone?“ fragt Tante Lore. Und Onkel Rainer streckt die Hand nach ihr aus, als sie an ihm vorbeigeht. Bestimmt will er sie wieder küssen. Simone macht schnell einen Schritt zur Seite, damit er sie nicht erwischt. Sie lehnt sich mit dem Rücken gegen die Fensterbank.

„Sag, was wünschst du dir?“ fragt Tante Lore.

„Kartoffelpuffer mit Apfelmus“, sagt Simone. „Warum macht ihr das? Vorher bestimmen, was es zu essen gibt?“

„Damit wir alles auf einmal kaufen können“, sagt Tante Lore. „Und damit jeder mal mit einem Lieblingsessen drankommt. Hör mal, hast du nicht noch was anderes, was du gern ißt? Kartoffelpuffer mit Apfelmus für fünf Leute, das ist mir einfach zuviel Arbeit."

„Fischstäbchen", sagt Simone. „Meine Mutter kocht gern, auch wenn es viel Arbeit macht. Sie sagt immer, Hauptsache, es schmeckt."

Tante Lore runzelt die Stirn.

„Caroline, also deine Mutter", sagt Onkel Rainer schnell, „hat schon als kleines Mädchen gern gekocht. Und gut, das kann ich dir sagen. Am besten haben mir immer ihre Frikadellen geschmeckt."

„Du meinst, sie hat freiwillig gekocht?" fragt Tante Lore.

„Aber ja. Und gebacken. Du hättest die Torte sehen sollen, die sie mir mal zum Geburtstag gemacht hat. Eine riesige Buttercremetorte. Ich hatte tagelang Bauchweh."

„Pfui Teufel, Buttercreme", sagt Tante Lore. „Fischstäbchen sind okay, Simone. Mit Kartoffelbrei und Erbsen?"

Simone nickt. Tante Lore trägt die Fischstäbchen ein. Unter ‚Mittwoch'. Dann hebt sie den Kopf und schaut Simone, die immer noch am Fenster steht, fragend an. „Ist was? Willst du noch was?"

„Was soll ich machen?"

„Irgend etwas. Was du willst. Spielen oder lesen. Sind die anderen nicht da?"

„Florian ist weggegangen. Zusammen mit dem Jungen mit den sandgelben Haaren."

„Ach, mit Jörg."

„Ja", sagt Simone, „mit Jörg."

„Dann geh doch mal zu Astrid und schau, was die treibt. Oder spiel was allein."

Simone verläßt die Küche. Sie geht durch die Diele, vorbei an den Riesenpostern. Das Eichhörnchen streckt ihr die Zunge raus. Sie wischt sich mit dem Handrücken über die Augen. Das Eichhörnchen sieht wieder normal aus.

Von der Diele aus führt ein kleiner Flur zum Badezimmer, einem Zweitklo und zu ihrer Kammer. Sie geht aufs Klo, dann legt sie sich auf ihr Bett. Eine Abstellkammer, denkt sie. Abgestellt und abgeschoben. Bei diesen Worten muß sie ein bißchen weinen. Sie versteht nicht, warum ihre Eltern sie nicht mitgenommen haben. Die sitzen jetzt gemütlich im Flugzeug. Ob sie schon über dem Mittelmeer sind? Simone fliegt gern. Die Stewardeß bringt einem was zu trinken, wenn man Durst hat. Sie kümmert sich um einen, besonders um Kinder. Simone wäre jetzt gern im Flugzeug.

Wir müssen mal allein sein, hat ihre Mutter gesagt.

Von wegen allein, denkt Simone. Allein bin *ich.* Sie sind doch zu zweit. Zu zweit mit einer Stewardeß, die sich um sie kümmert.

Simone rutscht auf die Seite und wickelt sich in die bunte Flickendecke. Sie wüßte gern, was Astrid unter ihrem Bett hat. Ein Geheimnis, sonst würde sie es nicht verstecken. Aber das kriege ich schon noch raus, denkt Simone. Vielleicht hat sie eine Art Zoppel? Nein, die doch nicht. Die ist wirklich zu alt.

Wenn Zoppel nur nicht hinter den Bilderbüchern liegen würde. Wenn . . .

Simone drückt ihr Gesicht ins Kissen und weint.

5.

Zuerst besichtigen sie das Schloß, weil das Wetter so schön ist und man nachher im Park Kaffee trinken kann. Das Schloß hat lange Gänge mit viel Marmor und Gold. Fenster mit schweren Vorhängen. Zimmer, in denen vergoldete Möbel mit bestickten Bezügen und geschwungenen Beinen stehen. Gedrehte Kordeln von Wand zu Wand hindern Besucher daran, die kostbaren Sachen anzufassen.

„Und wo ist das Klo?“ fragt Florian. „Nirgendwo ein normales Badezimmer. Haben die früher nicht gepinkelt?“

Ein anderer Besucher lacht und sagt, der Schloßpark wäre ja groß genug.

In diesem Schloßpark gehen sie dann spazieren, auf Kieswegen zwischen Bäumen, Blumenrabatten und allen möglichen Marmorstatuen. Ein Engel mit ausgebreiteten Armen, dessen Flügel fast in einer Zypresse verschwinden, gefällt Simone am besten. Eine Engelfrau sozusagen, sie trägt ein langes, wehendes Kleid und hat große Brüste.

Ganz in der Nähe eines Teichs mit Enten und Schwänen ist das Café. Sie finden gerade noch einen freien Tisch. Simone bestellt sich Erdbeersahnetorte und schaut zwei Kindern beim Entenfüttern zu. Die Erdbeersahnetorte schmeckt gut. Ein kleiner Hund vom Nachbartisch kommt und schnüffelt an Simones Beinen. Wie ein grau-weißer Handfeger sieht er aus. Nur ohne Stiel. Simone überlegt, ob sie ihn streicheln soll oder nicht. Aber noch bevor sie sich entscheiden kann, stößt Astrid ihr Glas um, und der ganze Apfelsaft läuft über Tante Lores weiße Hose.

„Astrid“, sagt Onkel Rainer, „mit dir ist aber auch immer etwas!“

Astrid macht ein verschlossenes Gesicht.

„Ich muß sowieso heim“, sagt Tante Lore schnell. „Ich habe noch ein paar Unterrichtsvorbereitungen für morgen zu machen.“

„Ich komme mit“, sagt Astrid.

Florian schaut Onkel Rainer an. „Ich auch. Schließlich kenne ich die Stadt schon. Auch alle Kirchen.“

Onkel Rainer sagt eine Weile nichts, während Tante Lore mit Tempo-Taschentüchern an ihrer Hose herumwischt. Florian nimmt seinen letzten Rest Kuchen und geht zu den Enten. Astrid betrachtet hingegeben ihre Fingernägel.

„Und du, Simone?“ fragt Onkel Rainer. „Willst du auch heim oder lieber was von der Stadt sehen?“

Simone weiß nicht, was sie sagen soll. Eigentlich hat sie keine Lust, in der Stadt herumzulaufen. Aber in diesem Moment kommt Florian zurück und flüstert Astrid etwas ins Ohr. Astrid grinst, schaut schnell zu Simone und sagt Florian was ins Ohr.

„Ich will die Stadt anschauen“, sagt Simone.

Aber nach drei Stunden bereut sie das heftig. Besonders seit ihr die linke Ferse so weh tut. Und inzwischen weiß sie auch, warum Florian die Kirchen erwähnt hat. Diese Stadt besteht nur aus Kirchen, wenigstens fast nur. Kirchen, die Onkel Rainer alle kennt. Und auf Plätzen und Anlagen stehen Denkmäler von Kurfürsten, Feldherren, Prinzen und Prinzregenten. Simone kann sie längst nicht mehr auseinanderhalten, ebensowenig wie die Kirchen.

Simone versucht, unauffällig zu hinken. Onkel Rainer geht neben ihr und deutet auf einen Kirchturm. Schon wieder.

Simone hört ihm schon nicht mehr zu. Automatisch setzt sie einen Fuß vor den anderen. Wenn ihr nur die Ferse nicht so weh täte.

Onkel Rainer stößt sie an. „Schau mal, da drüben das Haus mit den kleinen Fenstern. Siehst du's? Da hat früher mal eine Tante von uns gewohnt. Wir haben sie immer besuchen müssen. Caroline hat diese Tante nicht leiden können, und einmal hat sie ihr eine tote Maus in der Wohnung versteckt. Es ist nie rausgekommen."

„Eine tote Maus?" fragt Simone ungläubig. „Meine Mutter? Wirklich meine?"

„Ich habe nur diese eine Schwester", sagt Onkel Rainer. „Ich bin fast gestorben, so eklig hat die Maus ausgesehen. Die Haut an ihrem Schwanz ist schon abgegangen." Er schüttelt sich. „Aber deine Mutter hat die tote Maus einfach in ihre Manteltasche gesteckt und mitgenommen zur Tante."

Simone humpelt weiter neben Onkel Rainer her. Dann hält sie es nicht mehr aus. „Ich glaube, ich habe eine Blase am Fuß", sagt sie.

Onkel Rainer bleibt stehen und stützt sie, als sie sich

ihren Schuh und den weißen Socken auszieht. Es ist keine Blase mehr, es ist pures, offenes Fleisch.

„Geh barfuß, es ist ja warm", sagt Onkel Rainer. „In zehn Minuten sind wir daheim."

Meine Mutter hätte auf der Stelle ein Taxi genommen, wenn sie das gesehen hätte, denkt Simone verbittert, während sie neben Onkel Rainer hergeht. In jeder Hand trägt sie einen Schuh und einen weißen Socken.

Bald tun ihr auch die Fußsohlen weh. Der Asphalt ist hart. Zu Hause im Garten ist barfuß laufen viel schöner, denkt Simone. Außerdem muß man hier in der Stadt dauernd aufpassen, daß man nicht in Hundehaufen tritt. Mit jedem Schritt vergrößert sich Simones Leiden, und Onkel Rainer geht nicht einmal langsamer.

Tante Lore zeigt wesentlich mehr Mitgefühl. Sie schmiert Salbe auf die wunde Ferse. „Warum hast du nicht gleich etwas zu Onkel Rainer gesagt?" fragt sie.

Astrid, die in der Badezimmertür steht und zuschaut, meint: „Also so schlimm ist es nun auch wieder nicht."

„Simone sagt überhaupt nicht viel", murmelt Onkel Rainer. „Sozusagen gar nichts."

„Brave Kinder sagen eben nichts", sagt Astrid und dreht sich um. Im Weggehen fügt sie noch hinzu: „Und wenn, dann das Falsche."

„Dafür sagst du um so mehr", ruft Onkel Rainer ihr nach. Und Astrid fängt laut an zu pfeifen.

Beim Abendessen überlegen sie, was Simone am nächsten Morgen machen soll. „Du kannst mit mir in die Schule gehen", sagt Tante Lore. „Ich habe eine erste Klasse. Die Kinder sind lieb, aber natürlich noch klein. Du könntest auch mit Florian gehen. Seine Lehrerin hat gesagt, sie würde sich über eine Hilfe freuen. Wenn du willst, kann ich dich auch in eine Klasse mit Gleichaltrigen bringen."

„Jedenfalls geht sie nicht mit mir", sagt Astrid. „Ich nehme sie nicht mit."

„Warum kann ich nicht einfach hierbleiben?" fragt Simone. „Für eine Woche lohnt sich das doch gar nicht, in eine fremde Klasse zu gehen."

Tante Lore sieht sie unschlüssig an. „Ich weiß nicht, ob das deiner Mutter recht wäre", meint sie. „So ein Vormittag kann ganz schön lang sein. Florian kommt frühestens um Viertel nach eins heim und ich erst gegen zwei. Meine Schule ist am anderen Ende der Stadt. Mir wäre es wirklich lieber, wenn du nicht allein hier herumhängen würdest."

Mit Florian ist es sicher lustiger als mit Tante Lore, denkt Simone und schaut Florian an. Er weicht ihrem Blick aus.

„Ich gehe mit dir", sagt sie deshalb zu Tante Lore. Erstkläßler sind vielleicht langweilig, aber grundsätzlich harmlos.

Später, im Bett, stellt sie sich vor, wie sie Tante Lore beim Unterrichten hilft. Simone als Lehrerin. Lauter hübsch angezogene Kinder sitzen brav auf ihren Stühlen und hören aufmerksam zu.

Sie legt sich auf die Seite und macht die Augen zu. Wenn ihr nur nicht die Beine weh täten vom vielen Laufen. Sie fühlen sich dick und schwer und steif an.

Simone geht zur Tafel, nimmt die Kreide und erklärt den Kindern Bruchrechnen. So wunderbar erklärt sie alles, daß jedes Kind es sofort versteht. Aber Simone, du bist ja ein Naturtalent! ruft Tante Lore begeistert. Du mußt unbedingt Lehrerin werden! Simone nimmt das Kompliment gelassen entgegen. Sie weiß längst, daß sie Lehrerin wird.

Dann fällt ihr ein, daß Erstkläßler noch nicht Bruchrechnen lernen. Macht nichts, dann eben etwas anderes. Sie kann alles gut. Tante Lore wird staunen.

Simone wälzt sich im Bett herum. Sie weiß nicht, wie sie sich hinlegen soll, weil ihre Beine so weh tun. Außerdem fröstelt sie. Sie zieht die Decke höher.

In Ägypten ist es sehr warm, da würde sie sicher nicht frösteln. Ob ihre Eltern heute schon Pyramiden besichtigt haben?

In der Nacht träumt sie von einer Wüste mit vielen Pyramiden, die alle aussehen wie aufeinandergestapelte Kirchen. Und die Engelfrau aus dem Schloßpark ist auch da. Sie packt Simones Hand und zerrt sie von einem Kirchenstapel zum nächsten. Hilfe! schreit Simone. Laß mich los! Ich muß doch den kleinen Kindern Rechnen beibringen. Die Engelfrau lacht nur und schleppt sie weiter, Meilen weiter durch den Sand, der so gelb ist wie Zoppels Fell.

Als Simone morgens aufwacht, tun ihr die Beine noch mehr weh. Tante Lore macht die Tür auf und sagt: „Simone, aufstehen!“

Simone weint. Sie kann gar nicht aufhören damit.

„Diese verdammte Herumrennerei“, schimpft Tante Lore.

Onkel Rainer schaut ins Zimmer.

„War das wirklich nötig?“ fährt Tante Lore ihn an. „Jetzt hat sie Muskelkater. Wahrscheinlich bist du wie ein Irrer gerannt, und die Kleine ist kaum mitgekommen."

„Sie hat sich nicht beklagt", sagt Onkel Rainer unglücklich.

Astrid und Florian kommen auch. Simone zieht sich die Decke über den Kopf.

„Rainer kann doch nichts dafür, daß er so lange Beine hat", sagt Florian.

Und Astrid sagt: „So ein armes kleines Bobberl." Aber wirklich mitleidig klingt das nicht.

Tante Lore besteht darauf, daß Simone zum Frühstück aufsteht. „Komm im Schlafanzug. Du kannst dich ja nachher wieder hinlegen und ausschlafen", sagt sie.

Simone sitzt am Tisch und kaut an einem Stück Brot herum. Ihre Augen sehen bestimmt rot und häßlich aus. Sie hält den Kopf gesenkt.

„Wenn du Lust hast, gehst du später einfach ein bißchen runter und schaust dir die Gegend an", sagt Tante Lore. „Neben der Tür hängt ein Hausschlüssel für dich, der an dem roten Band. Los, Florian, trink aus, es ist schon spät."

„Ich kann dich zur Schule fahren, Lore", bietet Onkel Rainer an. „Und Florian können wir unterwegs absetzen."

Tante Lore rennt zum Badezimmer und läßt Wasser einlaufen. Sie sagt, ein warmes Bad sei das beste bei Muskelkater. Onkel Rainer zieht seine Schuhe an.

„Wehe, du gehst in mein Zimmer", zischt Astrid Simone zu. „Ich will nicht, daß du bei mir rumschnüffelst, verstanden?"

Simone trägt ihre Tasse in die Küche.

Und dann ist sie wieder allein. Inzwischen riecht es in der ganzen Wohnung nach Fichtennadeln.

Die Wohnung ist sehr leer und sehr still, nur das Wasserrauschen aus dem Badezimmer ist zu hören. Simone geht hinüber und dreht das Wasser ab. Tante Lore hat zuviel Zeug hineingekippt, der Schaum ragt in Bergen über den Wannenrand. Simone zieht sich aus. Das Wasser ist angenehm warm, der Fichtennadelgeruch allerdings ist fast schon zu stark. Vor und neben ihrem Gesicht türmen sich knisternde, kräuselnde Schaummassen. Sie läßt sich tiefer ins Wasser rutschen und pustet sich ein Atemloch frei. Das Knistern der Schaumberge wird lauter und lauter und hört sich fast bedrohlich an. Jedenfalls ungemütlich.

Simone steigt aus der Wanne, trocknet sich ab und schlüpft wieder in ihren Schlafanzug. Dann zieht sie den Stöpsel aus der Wanne. Dabei macht sie sich den rechten Ärmel naß. Sie drückt ihn am Handtuch aus. Das Wasser läuft gurgelnd in den Abfluß. Simone hält sich die Ohren zu und rennt in ihre Kammer. Auf dem Tisch vor dem Fenster liegt ihr Walkman, daneben die Tafel Schokolade zur Begrüßung. Walkman und Bett und Schokolade, das ist nicht schlecht. Wenigstens muß sie sich dann nicht mehr das Gurgeln aus dem Badezimmer anhören.

Als die Königstochter gerade ihre goldene Kugel in den Brunnen fallen läßt und plötzlich die Stimme des Froschs hohl aus dem tiefen Schacht kommt, reißt sich Simone erschrocken den Kopfhörer herunter.

Nichts. Absolute Stille. Sogar das Gurgeln hat aufgehört.

Sie hält es im Bett nicht mehr aus und zieht sich an. Den neuen rosa Nicki. Vielleicht fällt es wenigstens Florian auf, wie hübsch sie damit aussieht. Dann geht sie in die Küche.

Im Kühlschrank stehen Orangensaft und Milch, im Hängeschrank über der Spüle findet sie eine angebrochene Keksschachtel. Sie nimmt sich zwei Kekse heraus und legt die Schachtel sorgfältig zurück, damit niemand etwas merkt.

Wenn sie nur wüßte, was diese blöde Astrid unter ihrem Bett hat. Sie geht in den Flur und bleibt vor Astrids Zimmertür stehen. Lauscht. Nichts.

Nachgucken ist nicht schnüffeln, denkt sie.

Und Neugier ist ein Zeichen von Intelligenz, sagt ihr Vater immer.

6.

Astrid hat ein schönes, altmodisches, ziemlich hohes Bett. Unter diesem Bett liegt Simone jetzt. In ihrem neuen rosa Nicki ist sie der Spur gefolgt, die Astrid in die dünne Staubschicht gerutscht hat. Ganz hinten an der Wand steht eine hölzerne Kiste. Die Kiste ist mit einem Gitterrost aus Metall zugedeckt, wie man ihn zum Grillen braucht. Und auf dem Rost liegen zwei Steine, zum Beschweren.

Manchmal raschelt etwas in der Kiste, dann ist es wieder still. Simone liegt ruhig da, bewegt sich nicht und horcht auf das Rascheln. Ein Tier ist in der Kiste. Natürlich ein Tier, was sonst.

Simone hebt den Kopf und versucht, über den Kistenrand zu spähen. Das geht nicht, sie stößt ans Bett. Natürlich könnte sie den Rost abnehmen, mit der Hand nach dem Tier tasten und es rausholen. So macht es Astrid vermutlich. Aber Simone traut sich das nicht.

Vielleicht ist es ein Meerschweinchen, denkt sie. Hoffentlich ist es so lieb wie Sebastian. Plötzlich fällt ihr Karin ein, und sie muß fast weinen. Sie wäre viel lieber bei Karin geblieben. Aber das ging ja nicht. Die Frau hat drei Kinder, hat die Mutter gesagt. Vierjährige Zwillinge! Da kann man ihr nicht noch ein fremdes Kind aufhalsen.

Simone liegt und wartet. Nach einer ganzen Weile zieht sie die Kiste unter dem Bett heraus. Durch den Gitterrost sieht sie nur Heubüschel, sonst nichts. In einer Ecke bewegt sich etwas unter dem Heu. Simone prägt sich genau ein, wie die Steine liegen, bevor sie sie nimmt und neben die Kiste auf den Boden legt. Zögernd greift sie nach dem Heubüschel und hebt es hoch.

Eine Ratte. Das Tier ist eine Ratte. Graubraunschwarz mit einem langen, nackten Schwanz. Die Ratte setzt sich auf die Hinterbeine und schaut Simone an. Ihre Augen sind schwarz und glitzrig, die Schnurrhaare an der graurosa Schnauze zittern.

Simone ist erschrocken. Noch nie hat sie eine Ratte von so nahe gesehen. Ein Mädchen aus ihrer Schule, aus der Zehnten, hat eine zahme Ratte, die sie immer mit sich rumschleppt. Während des Unterrichts krabbelt sie ihr unter dem Pullover herum, erzählen die anderen. Und Simone hat einmal von weitem gesehen, wie das Mädchen die Ratte aus ihrem Ärmel geholt hat und in die Jackentasche steckte.

Erst zögert Simone. Dann denkt sie: Eine Ratte ist auch nicht viel anders als ein Meerschweinchen. Sie streckt die Hand aus und schiebt sie langsam über den Kistenrand. Die Ratte reckt ihre kleine, spitze Schnauze vor und schnüffelt an der Hand. Sanft tupft sie mit der Nase auf Simones Haut. Dann weicht sie zurück.

Simone muß lachen. „Wer hat jetzt mehr Angst, du oder ich?“ fragt sie leise, um die Ratte nicht zu erschrekken.

Die Ratte zieht die Lippen über den Zähnen hoch. Das sieht aus, als würde sie ebenfalls lachen. Simone streichelt ihr mit dem Zeigefinger über den Rücken. Die Ratte hält still. Sie ist zahm. Sie ist total zahm.

Simone kniet neben der Kiste und hebt die Ratte auf ihren Schoß. Das Tier bewegt den Kopf, schnuppert, läßt sich streicheln. Simone ist glücklich. Die Ratte hebt den Schwanz und klettert an Simones Nicki hoch. Der Nicki hat graue Staubstreifen an der Seite und am linken Ärmel.

Die Ratte ist schön, noch schöner als Sebastian. Eigentlich sogar noch schöner als Zoppel. Jetzt sitzt sie auf Simones rechter Schulter. Als Simone den Kopf zu ihr wendet, hält sich die Ratte an ihren Haaren fest und klettert auf ihren Kopf. Simone wagt nicht, sich zu rühren.

In diesem Moment schrillt die Türklingel laut und durchdringend. Simone schreckt zusammen und greift sich mit beiden Händen in die Haare, um die Ratte herunterzuholen. Aber sie erwischt sie nicht. Die Ratte rutscht ab und fällt auf den Boden. Als Simone sie pakken will, wutscht sie ihr unter der Hand durch und verschwindet unter Astrids Schrank.

Es klingelt wieder. Jetzt dreimal hintereinander.

Simone starrt noch immer die Stelle unter dem Schrank an, wo die Ratte verschwunden ist. Die Schrankfüße sind dick und gewölbt, neben einem Fuß liegt ein zusammengeknülltes Bonbonpapier.

Jetzt klingelt es wieder. Ein Dauerton.

Simone steht auf. Sie kann kaum gehen, ihre Beine sind weich und wacklig. Sie kämpft sich zur Tür hin und schaut durch das Guckloch. Zuerst sieht sie sandgelbe Haare und denkt, es wäre Jörg, Florians Freund. Doch

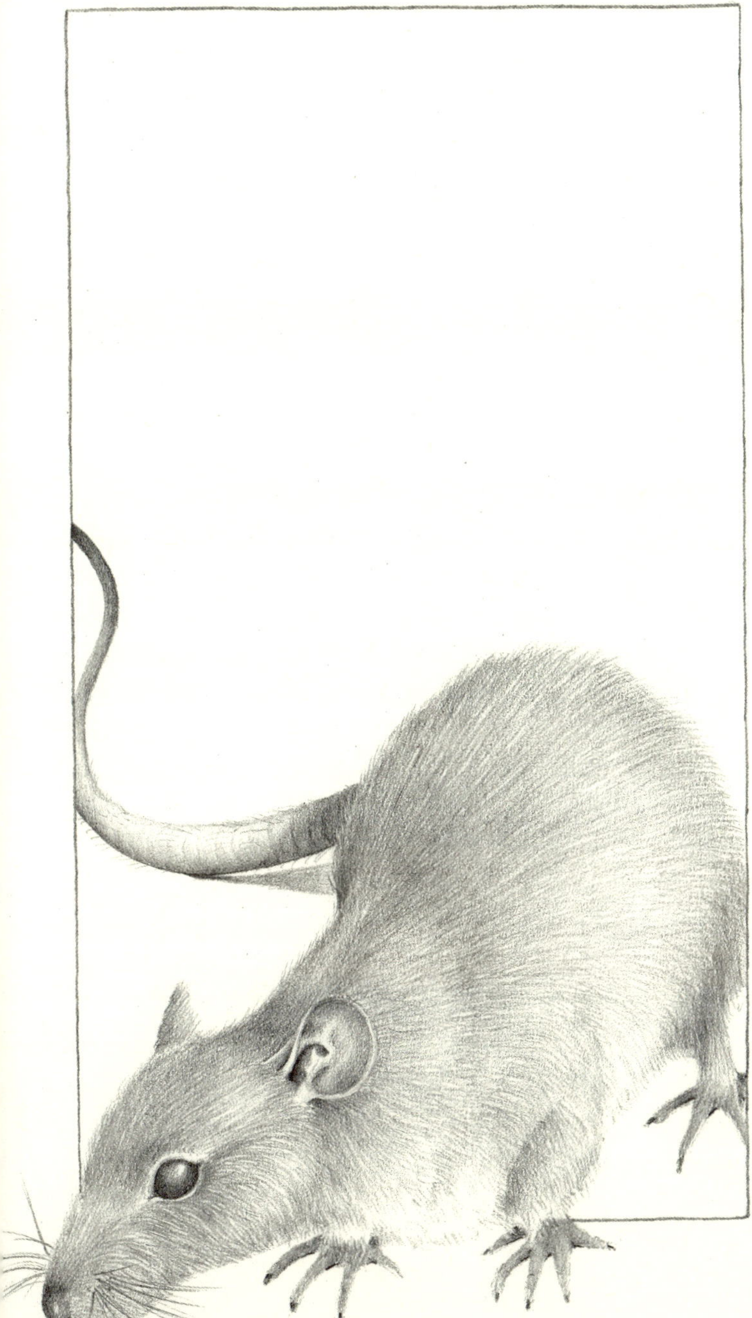

dann fällt ihr auf, daß der Junge da draußen viel größer ist als Jörg. Er ist einen Schritt zurückgetreten, so daß sie sein Gesicht sehen kann, und starrt ihr direkt in das Auge, das sie an das Guckloch hält.

„Mach doch endlich auf", sagt er.

Simone drückt auf die Klinke, zögert. Der Junge drängt sich gegen die Tür und macht sie auf.

„Ich bin Jakob", sagt er. „Und du bist wohl die Tussi aus der Provinz, die Kusine."

Simone nickt. Sandgelbe Haare und braune Augen hat der Junge. Wie Jörg. Wie Zoppel.

„Was starrst du mich so an?" fragt er. „Keine Angst, ich freß dich nicht. Ich bin der Bruder von Jörg."

Das sieht man, will Simone sagen, kriegt aber nur ein Krächzen heraus. Sie hebt die Hand und läßt sie wieder fallen.

„Ich glaube, du hast sie nicht alle", sagt Jakob. „Ich wollte mir nur unseren Ersatzschlüssel holen, der hängt hier."

Er dreht sich zum Schlüsselbrett neben der Tür und nimmt einen Schlüssel mit einer grünen Kappe. „Das ist er." Er steckt den Schlüssel in die Hosentasche und geht durch die Diele zur Küche. Simone geht ihm nach. Er macht die Kühlschranktür auf und gießt sich ein Glas Milch ein.

„Ist was?" fragt er. „Was guckst du mich so an? Hast du noch nie jemand Milch trinken sehen?"

„Die Ratte", sagt Simone.

„Was für eine Ratte? Ach so, du meinst Goethe. Was ist mit ihm?"

„Goethe?"

Jakob kichert. „Der Geheime Ratt Goethe. Astrids Idee, sie findet das witzig."

Simone schaut ihn verständnislos an.

„Mach dir nichts draus, das versteht keiner auf Anhieb. Goethe, der große deutsche Dichter, von dem hast du doch schon gehört? Na also, und der war ‚Geheimer Rat'. Das war so ein Titel. Deshalb der Geheime Ratt Goethe. Verstehst du's jetzt? Na, endlich. Aber immerhin, Florian und Jörg haben noch länger gebraucht."

Simone starrt Jakob immer noch an.

„Also, was ist mit Goethe?" fragt er.

„Er ist weg."

Jakob stellt das Milchglas auf den Tisch und rennt in Astrids Zimmer. Die Kiste steht noch auf dem Bett, daneben liegen der Rost, die Steine und ein Büschel Heu. Jakob beugt sich über die Kiste und wühlt darin herum. „Wie ist das passiert?" fragt er. „Hat dir Astrid nicht gezeigt, wie man mit ihm umgeht?"

Simone ist Jakob nachgegangen und steht jetzt in der Tür. „Sie hat mir überhaupt nichts gezeigt. Sie hat gesagt, ich soll nicht in ihrem Zimmer rumschnüffeln."

Jakob pfeift durch die Zähne. „Ach so. Und warum hast du es dann getan?"

Simone fängt an zu weinen.

Jakob wirft ihr einen verächtlichen Blick zu. „Davon wird's auch nicht besser", sagt er. „Wo ist Goethe denn hingelaufen?"

Simone deutet unter den Schrank.

Jakob legt sich platt auf den Boden und legt den Kopf schräg, damit er unter den Schrank schauen kann. Dann schüttelt er den Kopf, rutscht zum Bett und schaut auch dort. „Hör auf zu plärren“, sagt er und steht auf. „Los, hilf mir, die Kommode wegzurücken.“

Pfotenabdrücke im Staub zeigen, daß Goethe hier gewesen ist, jetzt ist er aber nicht mehr da.

„Hör endlich auf mit der Heulerei“, sagt Jakob. „Wenn du besser auf ihn aufgepaßt hättest, wäre er nicht abgehauen.“

Er rückt die Kommode wieder an ihren Platz und schaut sich um. „Wenn du wenigstens daran gedacht hättest, die Zimmertür zuzumachen, du Dussel. Aber na ja . . .“ Er setzt sich auf Astrids Bett.

Simone wischt sich mit dem Handrücken über die Nase. Sie schnieft. „Das war ja nur, weil du so verrückt geklingelt hast. Er war gerade auf meinem Kopf, und . . .“ Sie fängt wieder an zu weinen.

„Jetzt soll ich auch noch schuld sein, was?“ sagt Jakob. „Was kann ich dafür, wenn du heimlich an Astrids Ratte gehst?“

„Ich will wieder heim“, sagt Simone.

„Stell dich nicht an wie das letzte Baby“, fährt Jakob sie an. „Deine Mama kann dir da auch nicht helfen.“

Simone gibt sich Mühe, nicht zu weinen. Wenigstens nach außen nicht.

„Wir müssen überall, wo die Türen offen sind, die Zimmer absuchen“, sagt Jakob.

Er rückt, sucht, hebt einen heruntergefallenen Mantel auf, dreht Gummistiefel um. Keine Ratte, nichts. Dann geht er ins Wohnzimmer. Simone folgt ihm.

„Lauf doch nicht hinter mir her wie ein verlorener Köter“, sagt er böse. „Du kannst dich ruhig mal bücken. Ich bin doch nicht blöd und mach alles alleine.“

Simone bückt sich, schiebt Sessel, kriecht hinter die Anrichte und die Truhe. Keine Ratte. Weder im Wohnzimmer noch im Badezimmer, noch in Simones Zimmer. Nirgends. Jakob wischt sich mit dem Ärmel über das Gesicht. Dann schaut er Simone an und zuckt mit den Schultern. „Jetzt weiß ich auch nicht weiter."

Simone wirft sich auf ihr Bett und vergräbt ihr Gesicht im Kopfkissen. Ich will heim, denkt sie. Ich will heim. Nur heim.

Sie hört, wie Jakob sich auf den Stuhl setzt. „Ich muß jetzt gehen", sagt er. „Reg dich ab, Goethe taucht bestimmt wieder auf. Und Astrid . . . Na ja, da bist du selber schuld." Er kichert. „Ich wäre aber ganz gern dabei, wenn Astrid es merkt."

Simone versucht, nicht zuzuhören. Sie will nichts wissen, nichts hören, niemanden sehen. Auch nicht diesen Jungen, der so sandgelbe Haare hat wie Zoppel. Den schon gar nicht.

Sie schaut nicht hoch, als er „tschüs" sagt. Dann klappt die Wohnungstür. Jetzt ist sie allein. Sie steht auf und geht hinüber in Astrids Zimmer. Dort räumt sie das Heu wieder in die Kiste, deckt sie mit dem Gitterrost zu und legt die Steine so darauf, wie sie vorher gelegen haben. Dann schiebt sie die Kiste unter das Bett. Nur ein paar Heuhalme liegen noch auf dem Boden. Sie hebt sie auf und trägt sie in die Küche, zum Mülleimer.

Das dreckige Frühstücksgeschirr steht noch da. Simone schaut auf die Uhr. Inzwischen ist es kurz vor eins. Sie geht in ihr Zimmer, legt sich aufs Bett, setzt die Kopfhörer auf, macht aber den Walkman nicht an und wartet.

7.

Florian ist zuerst da. Er kommt zu Simones Zimmertür, schaut herein, sieht, daß sie den Walkman aufhat, und geht wieder. Sie hört ihn in der Küche herumwirtschaften.

Simone wartet und wartet. Sie versucht, nicht an Astrid zu denken, nicht an den Ratt Goethe. Sie wartet nur.

Dann kommt Tante Lore. „Hallo“, ruft sie, „seid ihr da?“

„Ich eß schon mal einen Joghurt“, schreit Florian aus der Küche. Seine Stimme klingt piepsig, wenn er laut wird.

Tante Lore kommt zu Simone. „Wie geht es dir?“ fragt sie. „Tun dir die Beine immer noch so weh?“

Simone nickt, obwohl sie ihre Beine völlig vergessen hat. Eigentlich hat sie jetzt eher Bauchweh.

„Hast du denn immer dieses blöde Ding auf dem Kopf?“ fragt Tante Lore. „Wird dir das nicht langweilig?“

Simone gibt keine Antwort, und Tante Lore geht zum Glück wieder aus dem Zimmer.

Simone betrachtet die Wand. Knapp unterhalb der Decke ist ein Riß. Er zieht sich von der Tür bis fast zum Fenster, ist am Anfang fein wie mit Bleistift gestrichelt, ein Bach, der sich durch eine weiße Ebene schlängelt. Dann, mehr zur Mitte hin, wird er breiter, bekommt Seitenarme und eine Art Stausee, der senkrecht die Wand hinunter abläuft. Die Seitenarme versickern hinter dem Vorhang. Ein Bach in Grönland, bei den Eskimos. Und sie wandert durch den Schnee. Ihre Eltern sind gestorben und haben sie allein zurückgelassen. Sie muß weiter, muß irgendwo Hilfe finden. Der Schnee knirscht unter ihren Stiefeln. Sie ist so müde und erschöpft, daß sie sich am liebsten hinlegen würde und einschlafen. Doch das wäre gefährlich, könnte ihr Tod sein. Das weiß sie, also schleppt sie sich mühsam weiter. In der Ferne taucht ein See auf. Fast besinnungslos vor Hunger und Müdigkeit taumelt sie darauf zu, als plötzlich neben ihr ein Junge aus einer Schneewehe tritt. Ein Junge mit sandgelben Haaren. Er kommt auf sie zu, nimmt ihre Hand.

Ich helfe dir, sagt er, hebt sie hoch und trägt sie wie ein kleines Kind auf den Armen. Gleich ist es vorbei, sagt er. Gleich bekommst du ein Bett. Und wenn du aufwachst, sind deine Eltern wieder da.

Und die Ratte? fragt Simone.

Welche Ratte? fragt der Junge. Hier gibt es keine Ratten.

Plötzlich steht vor ihnen, am Ufer des Sees, ein Zelt. Der Junge geht auf das Zelt zu, schiebt das Tuch am Eingang zur Seite und trägt Simone hinein. Im Zelt ist es dunkel und warm. Er läßt sie auf ein Bett fallen und sagt: Schlaf! Schlaf ein, und wenn du aufwachst, ist alles wieder gut. Dann wirst du merken, daß du nur schlecht geträumt hast, sonst nichts.

Jemand rüttelt Simone an der Schulter. Es ist Astrid. „Was hast du mit meiner Ratte gemacht?" schreit sie und schüttelt immer wilder.

Simone fährt erschrocken hoch.

„Sei doch nicht so grob zu ihr", sagt Tante Lore.

Astrid kümmert sich nicht um sie, sie schüttelt und schreit weiter: „Sag, was du mit meiner Ratte gemacht hast!"

Die Wut hat ihr Gesicht verändert, sie sieht sehr fremd aus. Simone macht sich schlaff. Es war kein böser Traum. Im Gegenteil, der böse Traum kommt jetzt.

„Ich habe ihr nichts von Goethe erzählt", sagt Florian weinerlich. „Wirklich nicht, Astrid."

Tante Lore legt den Arm um seine Schultern und drückt ihn an sich. Astrid läßt Simone so plötzlich los, daß sie zurückfällt und mit dem Kopf an die Wand schlägt.

„Ich will wissen, was passiert ist", sagt Astrid jetzt ruhiger. „Und schau mich nicht so verschreckt an. Ich bring dich nicht um."

Simone reibt sich die schmerzende Stelle am Kopf und sagt nichts.

„Du warst in meinem Zimmer, nicht wahr?"

Simone nickt.

„Und du hast Goethe freigelassen?"

„Jakob hat geklingelt", sagt Simone. „Da ist er mir entwischt."

Astrid verzieht das Gesicht. „Entwischt, wenn ich so was schon höre. Abgehauen ist er dir, weil du nicht mit ihm umgehen kannst, du blöde Nuß." Plötzlich wird sie wieder wütend. „Warum bist du überhaupt reingegangen? Es ist mein Zimmer, ich habe dir doch gesagt, daß du dort nichts zu suchen hast.“ Sie hebt die Hand, als wollte sie Simone schlagen.

Tante Lore läßt Florian los, macht einen Schritt vorwärts und hält Astrids Arm fest. „Laß sie in Ruhe. Wir schlagen dich auch nie, wenn du was angestellt hast.“

Astrid schaut ihre Mutter an. Gleich weint sie, denkt Simone. Sie sieht so aus, als würde sie gleich weinen.

Astrid dreht sich um und rennt hinaus, und dann hört man ihre Zimmertür knallen.

„Sie wird sich schon wieder beruhigen“, sagt Tante Lore und geht Astrid nach.

„Hast du Angst?“ fragt Florian. „Tut es dir jetzt leid?“

Simone dreht ihm den Rücken zu. Sie denkt an ihren Lappland-Traum. Der Junge soll wiederkommen und sie tragen. Sie will, daß der Junge wiederkommt. Sie macht die Augen zu, aber der Junge kommt nicht. Simone ist allein. Verlassen.

Als Florian sie zum Mittagessen ruft, schüttelt sie den Kopf. „Ich habe keinen Hunger“, sagt sie.

Tante Lore kommt nicht. Sie sagt nicht: Aber du mußt doch was essen, Kind. So schlimm ist es doch auch wieder nicht. Komm, iß doch was, nur ein kleines Häppchen.

Auch Tante Lore läßt Simone im Stich, genau wie ihre Eltern. Die reiten jetzt bestimmt auf Kamelen und pflücken sich Orangen vom Baum, ohne daß sie überhaupt daran denken, ob ihre Tochter etwas zu essen hat oder nicht. Simone zieht sich das Kopfkissen über den Kopf und weint leise vor sich hin.

Zum Abendessen muß sie kommen, Tante Lore holt sie. Astrid sitzt am Tisch und schaut Simone nicht an, Onkel Rainer macht ein finsteres Gesicht. Simone setzt sich neben Florian.

„Iß was", sagt Tante Lore zu ihr.

Simone schüttelt den Kopf, Tante Lore schmiert ein Schinkenbrot und legt es auf ihren Teller.

Onkel Rainer schmeißt plötzlich sein Messer hin. „Und was gedenkst du jetzt wegen dieser verdammten Ratte zu machen?" fragt er. Simone hebt die Schultern. Dann merkt sie, daß er Astrid meint. „Du glaubst doch nicht, daß ich heute einfach ins Bett gehe, wenn so ein Biest hier frei herumläuft."

„Du kannst sie ja suchen", sagt Astrid. „Ich wäre froh, wenn du sie finden würdest."

„Wieso denn ich?" schreit Onkel Rainer. „Du hast das blöde Tier doch angeschleppt. Heimlich! Dabei weißt du doch, daß ich nie im Leben meine Zustimmung gegeben hätte."

„Eben deshalb."

„Ich verlange, daß du sie suchst", sagt Onkel Rainer. „Sonst kaufe ich eine Rattenfalle."

Florian schaut ihn mit großen Augen an. Auch Simone ist erschrocken. Onkel Rainer verschluckt sich an seinem Tee und muß husten.

„Ich habe den ganzen Nachmittag schon gesucht", sagt Astrid. „Vielleicht verlangst du von deiner reizenden, wohlerzogenen Nichte, daß sie was unternimmt. Sie ist schließlich schuld."

„Wenn du diese verdammte Ratte nicht ins Haus gebracht hättest, wäre nichts passiert", sagt Onkel Rainer.

Astrid steht auf. „Jetzt sind wir wieder beim Thema", sagt sie. „Immer ich! Immer bin ich an allem schuld. Wenn du Zoff mit Lore hast, bin ich schuld, und wenn du Kopfweh hast, auch wieder ich. Die da schnüffelt in meinem Zimmer herum, und ich bin schuld. Du machst dir in die Hosen, wenn du nur eine kleine Maus siehst, und ich bin schuld. Weißt du was? Ich habe die Nase voll, und daran bist du schuld. Aber das sage ich dir, wenn du Goethe etwas antust, dann . . ."

Sie nimmt ihren Teller, betrachtet ihn. „Immer war ich schuld. Sogar wenn schlechtes Wetter war. Da hatte ich meinen Teller nicht leer gegessen . . ." Sie hebt den Teller hoch und schmeißt ihn auf den Boden.

„Aber Astrid", sagt Tante Lore. „So hat Rainer es doch gar nicht gemeint. Er hat eben eine Phobie vor Mäusen und Ratten, dafür kann er nichts."

„Er hat eine Phobie vor Ratten, und ich habe eine Phobie vor ihm", sagt Astrid. Sie dreht sich um und geht in ihr Zimmer. Tante Lore sammelt die Scherben auf und trägt sie in die Küche. Florian schmiert sich ein zweites Schinkenbrot. Onkel Rainer schaut vor sich auf den Teller. Und Simone rührt das Brot nicht an, das Tante Lore ihr hingelegt hat.

„Was ist eine Phobie?" fragt Florian.

„Eine panische Angst, gegen die man nichts machen kann", sagt Onkel Rainer.

„Dann habe ich eine Phobie vor Rechnen", sagt Florian.

Onkel Rainer lacht nicht. Auch Tante Lore, die inzwischen zurückgekommen ist, verzieht keine Miene. Schweigend räumt sie den Tisch ab. Simone hilft ihr.

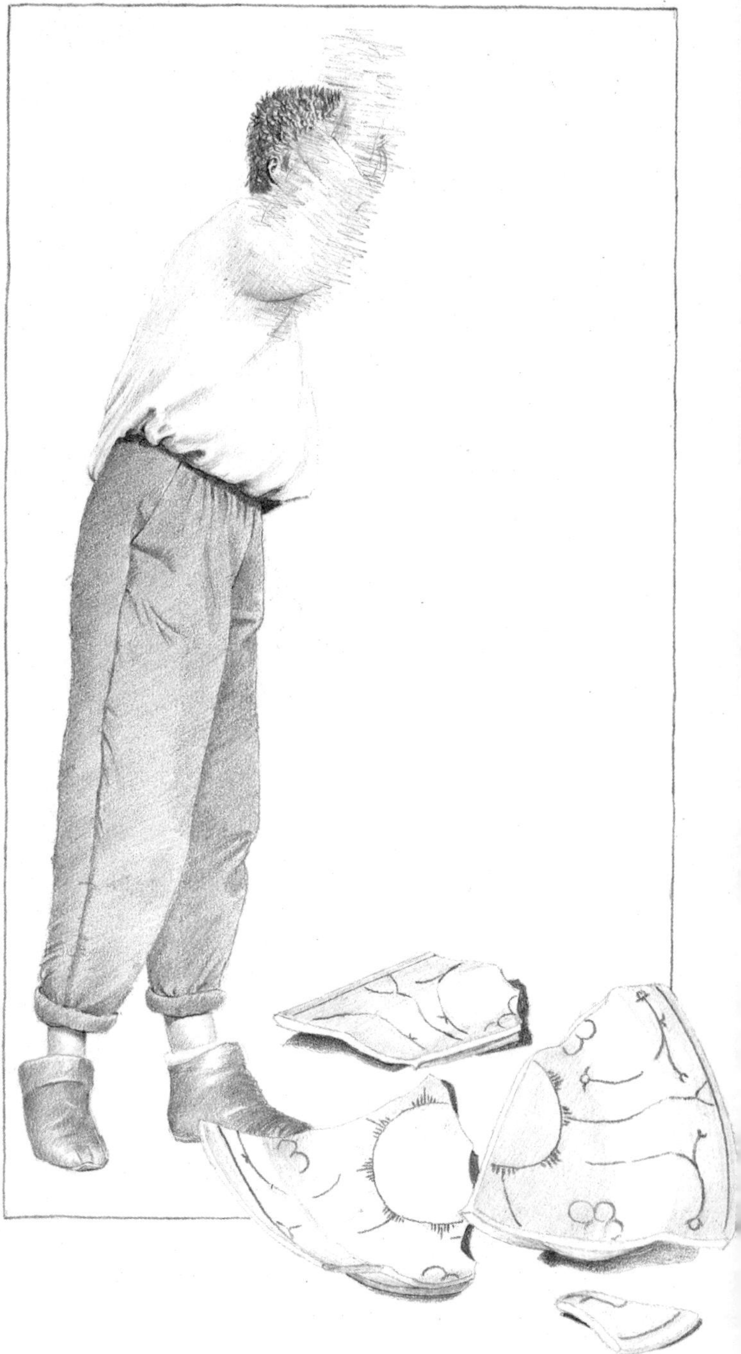

Onkel Rainer sucht laut und schimpfend nach Goethe.

„Soll ich suchen helfen?“ fragt Florian.

Tante Lore schüttelt den Kopf. „Nein, geht jetzt schlafen, ihr zwei.“

Simone zieht sich aus und legt sich ins Bett. Ihr Magen knurrt. Sie hört draußen Schritte und denkt, daß Tante Lore jetzt zu ihr kommt. Sie wird ihr über den Kopf streicheln und sagen, es wäre alles nicht so schlimm. Sie wird ihr heiße Milch bringen, mit Honig, damit sie schlafen kann. Sie wird . . .

Aber die Schritte gehen vorbei, Tante Lore kommt nicht.

Simone weiß nicht, was sie machen soll. Am liebsten hätte sie Zoppel in den Arm genommen und ein bißchen geweint. Aber Zoppel ist nicht da. Also greift sie nach dem Walkman. Ein Walkman ist besser als nichts. Als die Prinzessin voller Wut den Frosch an die Wand knallt, sieht sie so wütend aus wie Astrid vorhin mit dem Teller. Und auch genauso schön.

Plötzlich geht die Tür auf, und Tante Lore kommt herein. Also doch. Aber sie hat keine Tasse mit Milch und Honig in der Hand. „Telefon“, sagt sie. „Komm schnell. Deine Eltern aus Ägypten.“

Simone springt aus dem Bett und rennt zum Wohnzimmer. Doch dann wird sie langsamer, zögert, bevor sie den Hörer nimmt.

„Hallo“, sagt sie.

„Simone, mein Schatz“, sagt ihre Mutter. „Hier ist es warm und wunderschön. Wie geht es dir? Hast du Spaß mit Astrid und Florian?“

„Ja“, sagt Simone.

„Erzähl doch was“, sagt ihre Mutter. „Ich denke die ganze Zeit an dich. Ich muß mir doch keine Sorgen machen, oder?“

„Nein“, sagt Simone.

„Was ist denn los, Schatz? Willst du mit Papa reden?“

„Nein“, sagt Simone. „Tschüs.“

Sie hält Tante Lore den Hörer hin und geht wieder ins Bett. Nach einer Weile kommt Tante Lore und sagt, Simone hätte ruhig etwas freundlicher zu ihrer Mutter sein können. „Was sollen denn deine Eltern denken, wenn du nur ja und nein sagst . . .“

Sie sollen denken, was sie wollen, denkt Simone. Warum sind sie überhaupt weggefahren? Laut sagt sie nichts.

„Gute Nacht, und schlaf gut“, sagt Tante Lore und macht Simones Kammertür zu.

Simone rollt ihr Kopfkissen zusammen und drückt es an sich, als wäre es Zoppel. Aber ein Kopfkissen ist kein Zoppel, kann nie ein Zoppel sein. Sie überlegt, wo Goethe jetzt steckt. Und ob er Hunger hat.

Viel später, als es in der ganzen Wohnung schon ruhig ist und auch aus der Schlafzimmertürritze von Onkel Rainer und Tante Lore kein Licht mehr dringt, schleicht Simone in die Küche. Sie schneidet eine Möhre klein und verteilt die Stücke hinter den Möbeln in Küche und Flur, so daß man sie nicht sehen kann. Danach ißt sie einen Joghurt und noch zwei Kekse aus dem Hängeschrank über der Spüle.

Erst dann ist sie ruhig und kann schlafen.

8.

Simone ist froh, als endlich alle aus dem Haus sind. Onkel Rainer hat gesagt, er hätte die ganze Nacht kein Auge zugemacht wegen der blöden Ratte. Tante Lore hat Simone gefragt, ob sie nicht doch mit ihr in die Schule fahren wollte. Simone hat den Kopf geschüttelt, und Tante Lore hat nichts mehr gesagt. Astrid hat überhaupt nichts gesagt, weder zu Simone noch zu jemand anderem. Sie hat verweint ausgesehen.

Florian hat sein Schulbrot vergessen, es liegt im Flur auf dem Garderobeschränkchen. Schinkenbrot. Simone wickelt es aus, deckt es auf und legt es neben ihr Bett. Irgendwann muß Goethe ja Hunger haben. Sie holt noch ein paar Käsewürfel aus der Küche. Bestimmt essen Ratten gern Schinken und Käse, so wie Mäuse. Simone steckt die Kassette mit Supertramp in den Walkman. Vielleicht ist sie doch schon zu alt für Märchen. Nach ein paar Minuten nimmt sie Supertramp wieder heraus und schiebt den Froschkönig hinein. Sie ist nicht zu alt für Märchen. Eigentlich ist sie noch ziemlich jung.

Mit halbgeschlossenen Augen döst sie vor sich hin. Der Frosch hat sich in einen Prinzen verwandelt, der Prinz hat sandgelbe Haare. Er legt die Arme um seine Prinzessin, die wie Astrid aussieht, und gibt ihr einen Kuß. Schön, denkt Simone.

Das Schloß ist prächtig. Simone schleicht auf Zehenspitzen über dicke Teppiche, macht goldene Türen auf, betrachtet geschwungene, blank polierte Möbel. Hier gibt es keine gedrehten Kordeln, die die Besucher vom Berühren der Gegenstände abhalten sollen, hier darf man alles anfassen. Simone nimmt gerade die goldene Kugel in die Hand und läßt sie über den Teppich rollen, da sieht sie einen Schatten. Ein graubraunes Tier huscht unter einem Schrank hervor. Neben der Kugel setzt es sich auf die Hinterbeine und ringelt den Schwanz nach vorn.

Mit zierlichen, feinfingrigen Pfoten hält es ein Stück Schinken fest und knabbert daran. Dabei schaut es Simone mit schräg gelegtem Kopf über den Schinken hinweg an.

„Goethe", sagt Simone und reißt die Augen auf. Da sitzt er vor ihrem Bett, wirklich, frißt Schinken und betrachtet sie. Sie beugt sich ganz langsam vor und streckt ihre Hand aus, wie gestern. Goethe frißt unbekümmert weiter. Simone wartet. Der Arm tut ihr schon weh, aber sie zieht ihn nicht zurück. Endlich hört Goethe auf zu knabbern und kommt näher. Sie senkt die Hand ein bißchen tiefer. Goethe reckt sich, streckt seinen Schwanz waagrecht über den Boden, schlägt die Krallen in Simones Ärmel und läuft daran hoch. Sie wagt kaum zu atmen.

„Goethe", flüstert sie, „lieber Goethe."

Es geht ganz leicht. Sie streichelt ihn, und er läßt sich ruhig in seine Kiste zurückbringen. Simone holt ein Salatblatt und sucht die Karottenstückchen, die sie in der Nacht verteilt hat. Dabei denkt sie die ganze Zeit an

Astrid. Sie legt auch die Schinken- und Käsestückchen in Goethes Kiste. Er soll es gut haben. Er soll nicht hungern müssen. Sie schmiert sich schnell ein Brot, setzt sich neben ihn und schaut ihm zu, während sie ißt.

Goethe knabbert am Salat herum. Dann kriecht er in eine Ecke unters Heu. Erst bewegen sich die Halme noch, es raschelt, dann ist es still. Bestimmt ist er eingeschlafen. Vorsichtig schiebt sie die Kiste unter das Bett.

Sie sagt weder Florian noch Tante Lore, daß Goethe wieder da ist. Astrid soll es zuerst erfahren. Aber Astrid kommt nicht nach Hause.

„Sie spinnt mal wieder", sagt Tante Lore. „Nur weil sie sauer auf Rainer ist. Aber wenn sie Hunger hat, wird sie schon auftauchen."

Tante Lore seufzt. „Früher war es ganz anders, da hat Astrid Rainer bewundert. Aber jetzt legt sie sich nur noch mit ihm an."

Oder er sich mit ihr, denkt Simone. Schließlich hat er das mit der Rattenfalle gesagt.

Abends ist Astrid immer noch nicht da. Sie schieben das Essen so lange hinaus, bis Onkel Rainer böse sagt, jetzt wollte er essen. Es wäre eine Unverschämtheit von Astrid, sie so lange warten zu lassen. „Aber wir brauchen uns keine Sorgen zu machen", sagt er. „Sie ist alt genug, um zu wissen, was sie tut."

Sie essen lustlos. Sogar Florian stochert in den Spaghetti Bolognese herum, obwohl er sie ja bestellt hat.

„Ratten sind unhygienisch", sagt Onkel Rainer. „Allein die Vorstellung, daß so ein Tier frei bei uns herumläuft, macht mich ganz krank."

„Ich hätte gern eine Katze", sagt Florian. „Wenn du

mit einer Katze einverstanden wärst, bräuchtest du vor Mäusen und Ratten nie mehr Angst zu haben."

„Die Vorstellung, daß eine Katze hier herumläuft, macht mich auch krank", sagt Onkel Rainer.

Und Simone verrät mit keinem Wort, daß Goethe längst wieder friedlich in seiner Kiste hockt. Soll Onkel Rainer ruhig ein bißchen Angst haben, warum ist er auch so eklig zu Astrid. Zumindest das mit der Rattenfalle hätte er nicht sagen dürfen.

Um acht ist Astrid immer noch nicht da. Tante Lore geht zum Telefon und ruft ein Mädchen an, das Babsi heißt. „Was sagst du, sie war nicht in der Schule?" fragt sie, und ihre Stimme zittert ein bißchen. „Nein, mach dir keine Sorgen. Ich glaube, ich weiß, wo sie ist."

Sie legt den Hörer hin. „Florian, schau mich an! Hat Astrid dir gesagt, wo sie hingeht?"

Florian schüttelt den Kopf.

Onkel Rainer sagt jetzt nicht mehr, daß Astrid alt genug wäre. Er sagt: „Ruf bei Jakob an, der weiß es bestimmt."

Wieder wählt Tante Lore: „Grüß dich, Thomas. Astrid ist verschwunden. Ja, es hat Ärger gegeben. Nein, das kann ich dir jetzt nicht so schnell erzählen. Bitte frag Jakob, ob er weiß, wo sie ist." Tante Lore wartet mit hoffnungsvollem Gesicht. Sie lächelt fast. „Ja, und?" fragt sie dann, und das Fast-Lächeln verschwindet wieder. „Ja, wir rufen später noch mal an und sagen Bescheid."

Sie legt den Hörer hin. „Jakob weiß auch nichts. Er hat sie die letzten Tage nicht gesehen, sagt er."

Onkel Rainer läuft im Wohnzimmer auf und ab und

hin und her. Vom Fenster zur Tür, zurück zum Fenster und wieder zur Tür. Im Vorbeigehen macht er den Fernseher aus. Florian will protestieren, doch nach einem Blick auf das Gesicht seines Vaters läßt er es bleiben. Das ist auch besser so, denkt Simone. Sie hockt auf einem Sessel, hat die Beine angezogen und beobachtet Onkel Rainer. Er sieht auf einmal ihrer Mutter ähnlich, bewegt sich aber wie ihr Vater. Fast muß sie lachen. Und sie wird ihm nicht sagen, daß Goethe wieder da ist. Jetzt erst recht nicht.

Florian kommt ihr auf einmal sehr klein vor. Als würde er gleich den Daumen in den Mund stecken und weinen, weil er nicht fernsehen darf. Simone steht auf, setzt sich neben ihn und legt ihm den Arm um die Schultern. Er lehnt sich an sie. Tante Lore steht am Fenster und zupft an den Vorhängen herum.

„Polizei", sagt Onkel Rainer. „Ich rufe bei der Polizei an. Sollen die sie doch suchen."

„Bist du wahnsinnig geworden?" fragt Tante Lore. „Du weißt doch, wie sie ist. Du kannst ihr doch nicht die Polizei auf den Hals hetzen."

„Und wenn ihr was passiert ist?"

„Das glaube ich nicht", sagt Tante Lore. „Sie wird sich bei irgend jemandem verstecken, weil sie dir eins auswischen will. Du weißt doch, beim letztenmal ist sie auch einen Tag später wiedergekommen."

„Dieses Mädchen macht mich noch verrückt", sagt Onkel Rainer.

Tante Lore geht zum Bücherregal und rückt ein paar Bücher zurecht. „Du bist auch nicht ganz unschuldig dran", sagt sie.

„Soll ich vielleicht mit einer Ratte mein Bett teilen, nur weil deine Tochter spinnt?“ schreit Onkel Rainer. Er fängt wieder an zu suchen. „Irgendwo muß dieses Biest doch stecken“, murmelt er, als er unter das Sofa kriecht.

Tante Lore schaut ihm eine Weile zu. Sie rückt immer noch an den Büchern herum. „Wenn man dich so sieht“, sagt sie, „weiß man wirklich nicht, wen du lieber finden willst, deine Tochter oder die Ratte.“

Onkel Rainer nimmt mit spitzen Fingern ein Kissen vom Sessel. Keine Ratte. Er feuert das Kissen in eine Ecke.

Florian steht auf. „Ich geh schlafen“, sagt er.

„Ja, ja“, sagt Tante Lore. „Geh du auch, Simone.“

Simone liegt schon längst im Bett, da hört sie die beiden immer noch im Wohnzimmer streiten.

Sie kann nicht einschlafen. Es ist wie zu Hause, nur lauter. Und sie hat nicht einmal Zoppel dabei. Mit Zoppel ist alles einfacher.

Sie steht auf, geht zum Fenster und zieht den Vorhang zurück. Der Mond scheint auf den Hinterhof. Das Haus gegenüber, am Tag weiß, leuchtet jetzt fahlgelb. Die meisten Leute schlafen schon, nur im zweiten Stock sind drei Fenster erleuchtet und im vierten eins. Da geht das Licht im Treppenhaus an. Im zweiten Stock huscht ein Schatten am Flurfenster vorbei, dann im ersten, und schließlich kommt ein Mann aus der Haustür. Er zieht die Tür hinter sich zu und überquert den Hof. Das Licht im Treppenhaus geht aus. Simone hockt auf der Fensterbank und schaut den Mond an. Er ist am Zunehmen, fast rund und grauschattig wie ein Lampenschirm aus

Japanpapier. Irgendwo heult eine Katze. Hier in der Stadt? denkt Simone. Das ist aber komisch.

Auf einmal hört sie ein leises Knarzen. Sie schaut zur Tür, die langsam aufgeht. Ihre Augen haben sich an die Dunkelheit gewöhnt, sie erkennt Florian. „Was willst du?“ fragt sie leise.

„Darf ich zu dir kommen?“

Er tappt zum Fenster und stößt dabei an den Tisch. Sie streckt die Hand aus und zieht ihn zu sich.

„Ich kann nicht schlafen“, sagt er. „Ich habe Angst.“

Simone ist auf einmal ganz ruhig. „Wovor?“ fragt sie. „Vor der Ratte?“

„Nein“, sagt Florian. „Vor Goethe habe ich nie Angst. Nur . . . Und weil Astrid nicht da ist.“

Simone rutscht von der Fensterbank und macht Florian Platz. „Schau mal, der Mond. Ist der nicht schön?“

Eine Minute ist es still, dann sagt Florian zögernd: „Astrid läßt mich immer bei ihr im Bett schlafen, wenn ich Angst habe.“

Simone muß schlucken. Er hat nicht nur klein ausgesehen, vorhin, er ist wirklich noch klein. „Willst du bei mir schlafen?“ fragt sie.

Florian legt die Arme um ihren Hals und gibt ihr einen Kuß. Natürlich, denkt Simone, er läßt doch keine Gelegenheit zum Küssen aus.

Florian krabbelt ins Bett, er bekommt den Platz an der Wand. „Du riechst gut“, flüstert er. Sie legt die Arme um ihn, und er schnauft zufrieden. Sie streichelt seine Haare, wie sie sonst Zoppel streichelt. Seine Haare fühlen sich viel weicher an, als sie aussehen.

Nach einer Weile ist er eingeschlafen.

9.

Simone läuft hilflos in der Wohnung herum. Sie weiß nicht, was sie mit Tante Lore anfangen soll. Die liegt im Schlafzimmer im Bett, hat einen nassen Waschlappen auf der Stirn und Migräne. Sie ist heute nicht in die Schule gegangen, Onkel Rainer hat morgens dort angerufen und sie entschuldigt. Simones Mutter hat nie Migräne, höchstens schlechte Laune oder Depressionen. Tante Lore sieht ziemlich weiß im Gesicht aus, liegt völlig bewegungslos da und stöhnt nur manchmal ein bißchen.

Simone tigert zwischen der Küche, ihrer Kammer und dem Wohnzimmerfenster hin und her. In der Küche spült sie Geschirr, in ihrer Kammer nimmt sie ein Buch oder den Walkman in die Hand und legt alles gleich wieder zurück. Und das Wohnzimmerfenster macht sie auf, lehnt sich hinaus und sucht die Straße mit den Augen ab, ob Astrid vielleicht kommt. Zwischendurch bringt sie dem Geheimen Ratt ein Guten-Morgen-lieber-Goethe-Salatblatt.

„Simone“, ruft Tante Lore matt. Simone rennt ins Schlafzimmer. „Holst du mir bitte noch zwei Tabletten aus dem Medizinschrank? Das blaue Röhrchen links oben.“

Simone holt das blaue Röhrchen links oben, dann

setzt sie Wasser auf. Sie will Tee für Tante Lore kochen. Kamillentee. Der ist immer gut, obwohl er ganz fürchterlich nach Kranksein riecht.

Als sie gerade das heiße Wasser über die Kamillenblüten gießt und tief den Geruch einatmet, klingelt es an der Haustür. Sie setzt den Wasserkessel ab und rennt zur Tür. Aber es ist nicht Astrid, es ist der Postbote, der eine Mark zehn Nachgebühr für einen Brief kassieren will. Simone holt das Geld aus der Schachtel, die auf dem Küchenschrank steht und die Haushaltskasse darstellt. Sie bringt Tante Lore den Tee, setzt sich auf den Bettrand und schaut zu, wie sie trinkt.

„Hast du Migräne wegen Astrid oder wegen der Ratte?“ fragt sie.

„Vermutlich wegen Astrid“, meint Tante Lore. „Außerdem habe ich das öfter.“

Von daher besteht also kein Grund, daß Simone ihr Goethes Aufenthaltsort mitteilt.

„Wenn ich zwei Stunden schlafe, wird es besser“, sagt Tante Lore, und Simone läßt sie allein, damit sie schlafen kann.

Ein Glück, daß Tante Lore müde ist. So kann Simone wenigstens relativ angstfrei nach Goethe schauen. Er sitzt friedlich in seiner Kiste und frißt ein Salatblatt. Simone nimmt ihn heraus und streichelt ihn, denn ohne Astrid muß er sich ja einsam fühlen. Sie hat jetzt keine Angst mehr, daß er ihr abhauen könnte, aber sie läßt ihn nicht mehr auf ihren Kopf krabbeln. Sie paßt auf, daß er in Griffweite bleibt. Außerdem hat sie natürlich die Tür zugemacht.

Sie ist unruhig. Während sie leise mit Goethe redet,

horcht sie ständig auf mögliche Geräusche aus dem Schlafzimmer. Oder von der Haustür.

Inzwischen hat es angefangen zu regnen. Ein richtiger Wolkenbruch. Das Wasser platscht auf die Straße und spritzt von den Autodächern. Simone sieht vom Wohnzimmerfenster aus fast nur noch aufgespannte Schirme oder rennende Leute, die sich Taschen über den Kopf halten. Von oben sieht das witzig aus. Oder besser, normalerweise würde sie das witzig finden, aber jetzt hat sie ein flaues Gefühl im Bauch. Wegen Astrid. Ich käme nie auf die Idee wegzulaufen, denkt sie. Aber wohin könnte ich auch gehen? Höchstens zu Karin. Aber Karins Mutter würde garantiert gleich bei uns anrufen und Bescheid sagen.

Gegen Mittag schläft Tante Lore immer noch, und Simones Bauchweh hat nicht nachgelassen. Sie geht in die Küche. Fischstäbchen mit Erbsen und Kartoffelbrei stehen auf dem Plan. Sie weiß ungefähr, wie das geht, aber sie hat noch nie allein gekocht, immer nur ihrer Mutter geholfen.

Die Kartoffeln liegen unten im Vorratsschrank, in einer Gemüsekiste. Sie reißt das Netz auf, kippt die Kartoffeln ins Spülbecken und wäscht sie. Beim Schälen, sie ist ungefähr bei der zehnten Kartoffel, schneidet sie sich in den Finger. Blut tropft auf die fast weiße Kartoffel. So rot wie Blut, so weiß wie Schnee und so schwarz wie Ebenholz, denkt sie. Dann erst erschrickt sie und will weinen. Und dann fällt ihr ein, daß Tante Lore Migräne hat und schläft. Also weint sie nicht.

Im Medizinschrank im Badezimmer ist Pflaster, das hat sie gesehen, als sie das blaue Röhrchen gesucht hat.

An der Wand daneben hängt an einem Nagel eine Schere. Simone verarztet sich selbst. Eine ganze Weile tut ihr der Finger so weh, daß sie das komische Gefühl in ihrem Bauch vergißt. Doch dann ist es wieder da, leider.

Simone schält vorsichtig weiter und schneidet sich nicht mehr. Die Kartoffeln kommen in einen Topf mit Wasser, der Topf auf den Herd. Wie lange dauert es eigentlich, bis Kartoffeln fertig sind? Fischstäbchen brauchen nicht lange. Direkt aus der Packung in die Pfanne – mit etwas heißem Fett. Nur einmal wenden. Schon nach fünf bis acht Minuten sind die Fischstäbchen knusprig braun. So steht es auf der Packung.

Simone hofft, daß Astrid zum Mittagessen heimkommt. Wenn nicht, muß sie Florian fragen, welche Freundinnen Astrid hat, damit sie dort anrufen kann. Sie überlegt sich, was sie sagen wird. Astrid, es ist alles wieder gut, ich habe Goethe gefunden. Er sitzt in der Kiste und wartet auf dich. Komm bitte gleich heim. Und ich gehe auch nie wieder heimlich in dein Zimmer, bestimmt nicht. Und wenn du mich gar nicht sehen willst, brauchst du es nur zu sagen, dann bleibe ich einfach in der Kammer. Das macht mir nichts.

An der schmalen Wand neben dem Fenster hängt ein kleines Regal mit Kochbüchern. Simone nimmt sie heraus und setzt sich an den Klapptisch. Sie blättert und findet die seltsamsten Gerichte. Polenta, Fischpudding, Böhmische Germknödel, Won-Ton-Suppe. Nur keinen Kartoffelbrei. Deshalb stochert sie immer wieder mit der Gabel in den Kartoffeln herum. Während sie wartet, bringt sie Goethe noch ein Stück Schinken. Dann schaut sie wieder mal aus dem Wohnzimmerfenster.

Der Regenguß ist vorbei, die Leute unten auf der Straße gehen wieder ganz normal. Nur daß sie den Pfützen ausweichen. Von Astrid keine Spur.

Simone schaut noch einmal nach Tante Lore. Sie schläft immer noch. Das kann doch nicht normal sein! Bewegungslos und blaß liegt sie im Bett. Simone schleicht auf Zehenspitzen näher. Sie atmet, Gott sei Dank.

Es ist erst halb eins, sie ist viel zu früh dran. Und die Kartoffeln sind jetzt doch zerkocht. Macht nichts, sie werden ja sowieso zu Brei. Simone macht eine Dose Erbsen auf, schüttet sie in den kleinen, roten Topf und stellt sie auf. Sie fühlt sich irgendwie wichtig und fast erwachsen. Obwohl sie bestimmt keine Hausfrau sein wird, wenn sie groß ist. Immer nur bei den Kindern zu Hause sein, dazu hat sie keine Lust. Aber allein eine ganze Mahlzeit zu kochen, macht Spaß. Jedenfalls mehr Spaß, als nur dabei zu helfen. Simone, hol mir mal den Topf. Bring den Mülleimer raus. Wasch die Tomaten. Gib mir Salz und Pfeffer rüber.

Außerdem liegt Tante Lore im Bett und kann nichts machen. Um eins, die Fischstäbchen sind schon in der Pfanne, fällt Simone auf, daß sie den ganzen Vormittag ohne Walkman gelebt hat. Seltsam.

Astrid hat überhaupt keinen Walkman. Sie hat einen Plattenspieler und Platten. Aber nur Musik, keine einzige Märchenplatte, das hat Simone schon herausgefunden.

Und dann kommt Florian. Ohne Astrid. Zur Begrüßung umarmt er Simone und gibt ihr einen Kuß. Natürlich. Aber man kann sich daran gewöhnen. Sie gibt ihm ebenfalls einen Kuß, und es ist ihr nicht einmal so unangenehm.

„Wo ist Lore?“ fragt er.

„Im Bett. Vorhin hat sie noch geschlafen.“

Simone quetscht den Kartoffelbrei. Es ist viel zuviel geworden. Dafür gibt es um so weniger Erbsen. Und die Fischstäbchen sind auf einer Seite sehr dunkelbraun. Zu spät gewendet.

Florian deckt den Tisch für vier Leute, falls Astrid doch noch kommt.

Aber sie kommt nicht.

Tante Lore ist inzwischen wach geworden und steht auf. „Mir geht's schon besser“, sagt sie.

Simone bekommt kaum einen Bissen hinunter. Inzwischen hat sie wirklich Bauchweh. Tante Lore hat den vierten Teller angeschaut und nichts gesagt. Florian sagt auch nichts, er ißt.

Als Tante Lore gerade für jeden ein Eis aus dem Gefrierfach holt, klingelt es. Simone rast zur Tür. Aber es ist wieder nicht Astrid, es ist Jakob.

„Krieg ich auch ein Eis, Lore?“ fragt er, setzt sich an den Tisch, an Astrids Platz, und schiebt den unbenutzten Teller zur Seite.

Er kriegt. Und dann erzählt Tante Lore, daß Astrid verschwunden ist. Ob er denn wirklich keine Ahnung habe, wo sie stecken könnte.

Jakob schüttelt den Kopf. „Sie wird schon wiederkommen“, sagt er leichthin. „Damals ist sie schließlich auch nur eine Nacht bei uns geblieben.“

„Wann war das?“ fragt Simone.

Tante Lore macht eine wegwerfende Handbewegung.

„Nach dem Zwischenzeugnis. Es war hundsmiserabel. Dabei ist sie nicht dumm, das wissen wir ja. Aber faul, fauler geht's nicht. Sie hat getobt, weil wir ihr einen Nachhilfelehrer bestellt haben, ohne sie zu fragen."

„Ich hätte auch getobt", sagt Jakob. „Immer seid ihr Eltern so toll fortschrittlich! Aber nur, solange wir keine schlechten Noten heimbringen. Findest du das richtig?"

Tante Lore hebt ratlos die Schultern, läßt sie wieder fallen.

„Meine Eltern sagen immer, das wäre wichtig für das ganze weitere Leben", sagt Simone.

Jakob zieht die Mundwinkel runter. „Kann ja sein. Aber wir leben auch jetzt, oder?"

Er hat sein Eis fertig und steht auf. „Eigentlich bin ich gekommen, weil ich mir von Astrid zwei Platten ausleihen wollte. Sie hat sie mir versprochen. Ich hole sie jetzt."

Und schon ist er in Astrids Zimmer verschwunden.

„Wir zwei spülen", sagt Simone zu Florian.

Aber Tante Lore wehrt ab. „Stellt das Geschirr nur in die Küche, wir machen es heute abend zusammen. Jetzt lege ich mich noch ein bißchen hin. Nein danke, ich will keinen Tee mehr."

Simone geht in ihre Kammer und setzt sich den Walkman auf. Sie hat Bauchweh. Angst oder vielleicht doch Hunger? Sie will schon in die Küche gehen und sich ein Brot schmieren, da setzt sich die Königsfamilie an den Tisch. Der König sagt laut und voller Begeisterung „aaaah, wie köstlich", und Simone wird es schlecht. Sie hat keinen Hunger. Und dieses verdammte Märchen will sie nicht mehr hören. Sie nimmt den Kopfhörer ab.

Auf dem Weg zum Klo sieht sie, wie Astrids Zimmertür aufgeht. Jakob steckt den Kopf heraus und zieht ihn schnell wieder zurück.

Im Zweitklo hängt eine Landkarte an der Tür. Simone fährt den Weg nach Hause mit dem Finger nach. Auf der Karte sieht es gar nicht so weit aus.

Als sie vom Klo zurückkommt, sitzt Jakob auf ihrem Bett. „Na, hast du dich schon eingelebt, oder willst du immer noch heim?"

Sie schüttelt den Kopf.

„Du siehst ja schon wieder aus, als würdest du gleich loslegen. Machst du eigentlich je etwas anderes als heulen?"

„Wenn Astrid sich umgebracht hat, bin ich schuld", sagt sie.

Jakob lacht laut. „Astrid? So was Blödes! Wie kommst du denn darauf? Astrid doch nicht. Die bringt sich nicht um."

„Und warum kommt sie dann nicht nach Hause?"

„Weiß nicht", sagt Jakob und rekelt sich bequem zurecht. „Aber meinst du nicht, daß es für Rainer ganz gut ist, wenn er mal ein bißchen Angst um sie hat, so wie er immer an ihr rummeckert?" Jakob nimmt den Walkman und holt die Kassette heraus. „Froschkönig?" sagt er. „Sag mal, wie alt bist du eigentlich?"

„Zwölf. Fast zwölf."

„Und dann noch so ein Zeug?" fragt er und zieht die Augenbrauen hoch.

Simone wird wütend. „Was geht dich das an?" schreit sie. „Du bist der alleraffigste Angeber, den ich je kennengelernt habe."

Jakob grinst. „Und wie viele hast du schon kennengelernt?“ Er steht auf. „Nimm’s nicht tragisch, Baby. Tschüs, bis zum nächstenmal. Soll ich dir dann einen Lutscher mitbringen?“

Sie wirft ihm das Kopfkissen nach, trifft ihn aber nicht mehr. Die Tür von Astrids Zimmer klappt auf und wieder zu, dann wird die Haustür zugeschlagen. Er poltert auf der Treppe.

Simone geht zum Wohnzimmerfenster und schaut auf die Straße hinunter. Da kommt er schon aus dem Haus. Seine Haare leuchten sandgelb. In einer Hand trägt er Platten, in der anderen eine vollgestopfte Plastiktüte. Er geht zu einem Fahrrad. Die Tüte macht er auf dem Gepäckträger fest, die Platten behält er in der Hand.

Angeber, denkt Simone. Einhändig fahren ist gefährlich. Und was schleppt er denn in der Tüte weg?

10.

Zum Abendessen gibt es noch einmal Kartoffelbrei und Fischstäbchen, weil mittags soviel übriggeblieben war.

„Du ißt wirklich wie ein Spatz", sagt Tante Lore zu Simone. „Was soll ich bloß zu deiner Mutter sagen, wenn du so mager geworden bist?"

„Noch kein Kind ist freiwillig verhungert", sagt Onkel Rainer. „Hör doch auf mit dem Theater. Im übrigen ist Caroline auch immer ein dünnes Mädchen gewesen."

„Davon merkt man jetzt aber nichts mehr", sagt Tante Lore. „Und du, warst du etwa auch ein dünnes Kind?"

Onkel Rainer gibt keine Antwort.

Nach dem Essen fängt Onkel Rainer wieder mit der Goethe-Sucherei an, und Simone geht ins Bett.

Diesmal fragt Florian gar nicht erst, ob er bei ihr schlafen darf. Er bringt gleich sein Kopfkissen mit. Er hat einen anderen Schlafanzug an, einen hellblauen, aus dem er schon herausgewachsen ist.

Simone rückt, macht ihm den Wandplatz frei. „Hast du wieder Angst?" fragt sie.

Er grinst. „Nein. Aber ich schlaf nicht gern allein." Er rutscht neben sie, legt seinen Kopf auf ihren Arm.

„Florian Zoppelersatz", sagt Simone und streicht ihm

über die Haare. Ein bißchen tut es ihr leid, daß sie braun sind, nicht sandgelb.

„Florian was?“ fragt er erstaunt.

Da erzählt sie ihm von Zoppel, den sie leider nicht dabei hat. Von seinem gelben Fell und den braunen Augen. „Wie bei Jakob“, sagt sie. „Aber du bist wirklich kein schlechter Ersatz. Obwohl, auf die Dauer finde ich das Bett zu eng für zwei.“

Florian rückt etwas weiter zur Wand hin. „Wir können ja auch bei mir schlafen“, schlägt er vor. „Mein Bett ist breiter.“

Simone schaut sich in ihrer Kammer um. Sie ist klein, aber sehr gemütlich. Den Riß an der Wand kennt sie nun schon genau. Auch das Licht, das morgens durch die geschlossenen Vorhänge fällt. Sie betrachtet die angemalte Kommode, bei der die Farbe an der untersten Schublade bereits etwas abblättert. Den bunten Flickenüberwurf, den sie auch nachts nicht abnimmt, weil er ihr so gut gefällt. „Nein, ich will hier schlafen“, sagt sie.

Sie macht das Licht aus.

„Wenn du mir eine Geschichte erzählst“, sagt Florian, „dann verrate ich dir ein Geheimnis.“

„Was für ein Geheimnis?“

„Ich hab's von Jörg. Aber erst mußt du mir eine Geschichte versprechen.“

„Das nennt man Erpressung“, sagt Simone. „Von mir aus. Ein Märchen.“

Florian senkt seine Stimme zu einem geheimnisvollen Flüstern. „Ich weiß, wo Astrid ist. In der Laube von Jörgs Eltern. Jakob besucht sie immer und bringt ihr was zu essen. Jörg hat es mir erzählt.“

„In der Laube?“

„Ja. Das ist ein Gartenhaus. Die haben einen Garten, draußen am Stadtrand. Im Sommer fahren wir oft zusammen hin. In dem Garten ist ein kleines Haus mit Kocher und Stockbetten, und da ist Astrid.“

„Allein?“ fragt Simone. „Hat sie denn keine Angst?“

„Astrid doch nicht“, behauptet Florian. „Astrid hat nie Angst.“

Simone schweigt lange. Dann steht sie auf und geht in die Küche. Florian läuft ihr nach. „Was machst du?“ fragt er.

Sie öffnet den Kühlschrank, holt einen Joghurt heraus und schmiert sich ein Nutella-Brot. „Ich habe Hunger“, sagt sie und fängt an zu essen.

Florian setzt sich zu ihr an den Klapptisch. „Vorhin hast du nichts gegessen. Vorhin hast du keinen Hunger gehabt.“

„Vorhin war vorhin“, sagt Simone kauend. „Und jetzt ist jetzt. Holst du mir ein Glas Milch?“

Florian bringt ihr ein Glas Milch.

So gut hat es Simone schon lange nicht mehr geschmeckt. „Ich könnte jetzt alles essen, was du mir hinstellst. Nur keinen Lauchauflauf“, sagt sie.

Florian schaut sie erstaunt an. „Magst du den nicht? Neulich abends hast du ihn doch gegessen.“

„Das war neulich abends“, sagt Simone. „Aber es gibt drei Sachen, die ich nicht ausstehen kann: Lauch, Spinat und Rosenkohl.“

„Ich auch nicht“, sagt Florian und schüttelt sich.

Im Wohnzimmer brennt noch Licht, die Stimmen von Onkel Rainer und Tante Lore sind zu hören.

„Ich glaube, Lore weiß auch, wo Astrid ist“, flüstert Florian. „Ist dir nicht aufgefallen, daß sie heute abend gar nichts über Astrid gesagt hat? Und Rainer auch nicht. Der sucht immer nur nach Goethe.“

„Woher können sie es wissen?“ fragt Simone.

„Vielleicht hat Jörg es Anna erzählt. Das ist seine Mutter. Und Anna hat Lore angerufen, damit sie sich keine Sorgen zu machen braucht.“

Simone ißt eine zweite Scheibe Brot, diesmal mit Schinken. Und eine saure Gurke. Danach noch den Joghurt und eine Banane.

Dann liegt sie mit Florian im Bett und erzählt ihm das Märchen vom Froschkönig. „Die Prinzessin hat millimeterkurz geschorene Haare“, sagt sie.

Florian widerspricht. „Stimmt nicht, Prinzessinnen haben immer lange Locken.“

„Das war früher“, sagt Simone. „Jetzt haben sie ganz kurze Haare, tragen Jeans und Schlabberpullis. Und natürlich Turnschuhe.“

„Du spinnst ja.“

Simone zwickt ihn in den Bauch. „Erzähle ich das Märchen oder du? Also sei still, sonst hör ich auf.“

Er ist still. Er sagt auch nichts, als der Frosch an der Wand zerplatzt und ein Prinz mit sandgelben Haaren und braunen Augen dasteht und die Prinzessin mit dem Schlabberpulli küßt.

Simone liegt immer noch wach und grübelt, als er schon längst eingeschlafen ist. Mit dem Einschlafen hat sie oft Schwierigkeiten, sogar zu Hause, wenn alles normal läuft. Diesmal liegt es auch nicht daran, daß ihr Zoppel fehlt. Florian hat sich auf der Seite zusammengerollt, und Simone liegt, ebenfalls auf der Seite, dicht an seinem Rücken. Wie Heringe in der Dose, denkt sie. Ich hätte gern einen Bruder. Karin ist wirklich doof, daß sie nicht kapiert, wie angenehm ein kleiner Bruder sein kann. Aber sie hat natürlich auch gleich zwei, vielleicht ist das was anderes.

Astrid liegt jetzt ganz allein in einer Laube. Total allein. Ich hätte Angst, denkt Simone. Ob Astrid wirklich nie Angst hat, oder ob sie nur so tut?

Leise und vorsichtig, um Florian nicht zu wecken, steht Simone auf und schleicht in die Diele. Im Wohnzimmer ist kein Licht mehr, aus dem Schlafzimmer von Tante Lore und Onkel Rainer klingt leises Schnarchen.

Simone geht in Astrids Zimmer und macht die Tür hinter sich zu. Der Vorhang ist offen. Das Mondlicht fällt auf alle Gegenstände und macht sie unheimlich fremd.

Simone knipst die Leselampe neben Astrids Bett an. Sie kriecht unters Bett und zieht Goethes Kiste heraus. Er hockt sich auf die Hinterbeine und schaut sie mit schräg gelegtem Kopf an. Wie beim ersten Mal.

„Goethe“, flüstert sie. „Ich weiß, wo Astrid ist. Soll ich dich morgen zu ihr bringen, damit sie nicht so allein ist? Meinst du, sie freut sich darüber?“

Goethe krabbelt auf Simones Hand und hält sich an ihrem Schlafanzugärmel fest. Sie streichelt ihm über das weiche Rückenfell. Er wölbt genießerisch seinen Schwanz in die Höhe. Sie hebt ihn an ihr Gesicht und gibt ihm einen Kuß. Seine Minischnauze kitzelt sie an der Backe.

Eine ganze Weile kauert sie so auf dem Boden. Dann

setzt sie Goethe zurück in die Kiste, legt den Rost und die Steine darauf, schiebt die Kiste wieder unters Bett. „Bis morgen, Goethe, schlaf gut. Freust du dich auf Astrid?“

Florian hat sich im Bett breitgemacht. Simone muß erst seine Arme und Beine wegschieben, bevor sie neben ihn schlüpfen kann. Er fühlt sich warm an. Und sein Atem riecht nach Kartoffelbrei und Fischstäbchen.

Simone lacht leise. „Florian Zoppelersatz“, flüstert sie und schiebt ihn noch etwas weiter zur Wand. „Schlaf gut.“

Morgen früh muß sie ihn gleich fragen, wo diese Laube ist und wie man hinkommt. Gleich nach dem Wachwerden wird sie sich den Weg erklären lassen.

Florian dreht sich im Schlaf um und legt ein Bein über Simones Bauch. Sie hebt das Bein herunter, dreht sich auf die andere Seite. Hoffentlich hat Tante Lore morgen keine Migräne mehr und geht in die Schule. Sonst fragt sie doch sicher, wo Simone hingehen will.

Ich bin noch nie allein Straßenbahn gefahren, denkt Simone, aber das werde ich schon hinkriegen. Hoffentlich freut sich Astrid. Vielleicht ist Jakob bei ihr.

Dieser blöde Kerl! Kommt her, hört sich alles an, was Simone sagt, und weiß die ganze Zeit, wo Astrid steckt. Warum hat er nichts gesagt? Simone hätte Astrid nie im Leben verraten. Aber vielleicht hat er das nicht gewußt. Konnte er ja auch nicht!

Er wird ganz schön dumm gucken, wenn er Simone bei Astrid trifft. Nein, das geht nicht, morgens muß er ja in die Schule. Schade. Aber ein blöder Angeber ist er trotzdem!

11.

Simone sucht ihre neue, dunkelrote Reisetasche. Am Samstag hat sie sie Tante Lore gegeben, nach dem Auspacken. Wo kann sie nur sein? Weil sie sowieso schon am Suchen ist, schaut Simone schnell noch im Wohnzimmer in die Truhe vor dem Fenster. Wintermäntel und dicke Pullover sind darin, alles ordentlich zusammengelegt. Nicht besonders spannend. Sie klappt den Deckel wieder zu und beschließt, noch einmal durch die Zimmer zu gehen. Wenn sie die Tasche dann nicht findet, muß sie Goethe eben anders verpacken. Und jetzt, plötzlich, entdeckt sie die Reisetasche im Schlafzimmer auf dem Kleiderschrank. Sie steigt auf einen Stuhl und zerrt sie herunter. Staub wirbelt auf.

Simone trägt die Tasche in Astrids Zimmer und holt Goethes Kiste unter dem Bett hervor. Den Lattenrost schnürt sie mit zwei Gürteln fest, das hat sie sich schon vorher überlegt. Ein Gürtel gehört ihr, ein blauer, geflochtener, der zweite ist von Florian. Dann hebt sie die Kiste vorsichtig in die Tasche. „Du brauchst keine Angst zu haben, Goethe", sagt sie beruhigend. Goethe scheint aber gar keine Angst zu haben.

Simone nimmt die fünfzig Mark, die sie von ihrem Vater bekommen hat, und das Kleingeld aus der Jeans, die sie am Samstag anhatte. Dann steckt sie den Schlüssel mit dem roten Band ein, packt die Reisetasche und zieht los.

Auf der Treppe begegnet sie einer alten Frau mit einem Stock, die auf einem Absatz eine Verschnaufpause macht. Die alte Frau schaut von Simone auf die Tasche und wieder zu Simone.

„Grüß Gott“, sagt Simone höflich.

Die alte Frau wackelt mit dem Stock, gibt aber keine Antwort. Das hat man nun von seiner Höflichkeit.

Die Straßenbahnhaltestelle ist rechts um die Ecke an der nächsten Kreuzung, hat Florian gesagt. Zum Glück regnet es nicht, sonst würde Goethe naß werden. Die Tasche geht nämlich nicht ganz zu. Und sie ist ziemlich groß. Mit jedem Schritt schlägt sie gegen Simones Bein.

Simone fühlt sich etwas verloren in dem Verkehr, unsicher. Dann steht sie vor dem Fahrkartenautomat und liest die Gebrauchsanweisung. Sie zögert. Eine junge Frau spricht sie an. „Kennst du dich nicht aus?“

Simone schüttelt den Kopf. „Nein. Ich bin zum ersten Mal hier.“

„Wo willst du denn hin?“ fragt die Frau freundlich.

„Endhaltestelle.“

„Einzelfahrschein oder eine Karte?“

„Karte.“ Das hat Florian gesagt. Eine rote Karte.

„Dann mußt du hier das Geld einwerfen, so, und das ist die Karte.“

Simone bedankt sich, und die Frau geht weiter. In der Straßenbahn paßt Simone genau auf, wie die anderen Leute ihren Schein in den Entwerter schieben, und macht es ihnen nach. Die Straßenbahn ist voll. Simone steht festgekeilt zwischen Leuten und weiß nicht, wie sie die Tasche mit Goethe halten soll. Die ist überall im Weg. Zwei Haltestellen später wird es leerer, und sie bekommt einen Sitzplatz am Fenster. Sie nimmt die Tasche mit Goethe auf den Schoß und umklammert sie mit beiden Händen. Manchmal hört sie Goethe rascheln.

Draußen verändert sich das Stadtbild. Die Wohnblocks werden jetzt seltener, immer mehr Häuser haben Gärten. Und dann ist sie angekommen, alle Leute steigen aus. Da ist auch die Tankstelle, von der Florian geredet hat.

Simone geht an der Tankstelle vorbei. Die Straße mündet in einen schmalen, ungeteerten Weg. Stimmt. Und da sind die Gärten. Ziemlich groß, eingezäunt, ab und zu ein Gartenhaus.

Simone geht langsam weiter. Das Haus ist gelb angestrichen, mit dunkelblauen Fensterrahmen, hat Florian gesagt.

Das da muß es sein.

Simone bleibt stehen. Auf einmal ist sie nicht mehr so mutig. Sie hat Angst, daß Astrid böse werden könnte. Sie hat überhaupt Angst. Wie immer.

Sie setzt die Tasche ab und schaut hinein. Goethe läuft zwischen dem Heu herum. Ich hätte den Käfig saubermachen sollen, denkt Simone. Aber ich habe ja kein neues Heu gehabt. Und außerdem habe ich nicht daran gedacht.

In einem der Gärten weiter hinten arbeitet ein Mann. Er gräbt. Und auf einem Baum neben Simone zirpt ein Vogel. Sie starrt das gelbe Häuschen an. Es sieht unbewohnt aus. Vielleicht hat Jörg alles nur erfunden. Oder Florian hat ihr den Weg nicht richtig beschrieben.

Egal, es bringt nichts, wenn sie noch länger hier stehenbleibt und grübelt. Entschlossen hebt sie die Tasche wieder auf. Das Gartentor ist jedenfalls nicht abgeschlossen. Aber es quietscht.

Simone geht den Pfad entlang, der zwischen Rhabarberpflanzen und blühenden Lupinen und Akelei zum Haus führt. Noch bevor sie ganz dort ist, wird die Tür aufgerissen. Astrid. Sie sieht wütend aus.

„Was machst denn du hier?“ fragt sie lauter, als nötig wäre. Simone hält ihr die Tasche hin. „Goethe. Ich habe dir Goethe gebracht.“

Astrid packt die Tasche und schaut hinein. Wortlos dreht sie sich um und geht hinein. Simone folgt ihr.

Das Haus hat nur ein Zimmer. Mit Herd und zwei Doppelbetten über Eck, wie Florian gesagt hat. Neben dem Herd ist eine Wasserstelle, daneben ein niedriges Regal mit Geschirr. Auf dem Regal steht ein Kocher mit zwei Platten. Auf einer Platte dampft ein Wasserkessel. In der anderen Ecke, vor einem kleinen Fenster mit weißen Vorhängen, stehen ein großer Tisch und ein paar Gartenstühle. Auf dem Tisch steht eine Milchflasche mit zwei Blumenstengeln. Akelei. Astrid hat die Kiste aus der Tasche geholt, bindet die Gürtel ab und nimmt Goethe heraus. Sie schmust und redet mit ihm, als wäre Simone gar nicht da.

Simone bleibt unschlüssig stehen. Astrid scheint ganz versunken in ihr Spiel mit Goethe. Bis sie auf einmal sagt: „Setz dich halt irgendwohin. Du brauchst nicht herumzustehen wie bestellt und nicht abgeholt.“ Sie schaut Simone immer noch nicht an.

Simone setzt sich an den Tisch.

„Wer hat ihn gefunden?“ fragt Astrid. „Rainer?“

„Nein, ich“, sagt Simone. „Onkel Rainer weiß überhaupt noch nicht, daß er nicht mehr frei in der Wohnung herumläuft.“

Jetzt, endlich, schaut Astrid Simone an. Ungläubig. Dann grinst sie. „Warum hast du es ihm nicht gesagt?“

„Weil . . . wegen der Sache mit der Rattenfalle.“

Jetzt lacht Astrid laut. „Hätte ich dir nicht zugetraut“, sagt sie. „Na ja . . .“

Sie setzt sich auch an den Tisch, Simone gegenüber. Goethe hockt auf ihrer Schulter. „Bringst du ihm schnell ein Salatblatt von draußen?“ fragt Astrid. „Hinter dem Haus steht welcher.“

Simone holt Salat.

Astrid legt ihn auf den Tisch und setzt Goethe daneben.

„Ich habe mir gedacht, damit du nicht so allein bist . . .“ sagt Simone. Sonst fällt ihr nichts ein.

Astrid schaut Goethe an, der sich über den Salat hermacht. Er hat winzige Knabberzähne. Eine ganze Weile sagen beide nichts. Dann fragt Astrid: „Hast du wirklich gedacht, ich könnte mich umbringen?“

Simone nickt.

„Und wie bist du darauf gekommen?“

„Weil, ich denke selber manchmal daran . . .“

„Du spinnst ja“, sagt Astrid heftig. „Das bringt doch nichts. Wenn du tot bist, kannst du nichts mehr ändern. Und warum ausgerechnet du? Mit dir sind doch immer alle so zufrieden. So lieb und wohlerzogen und so gut in der Schule, alles, was man will.“

Simone gibt keine Antwort. Manche Sachen sind

schwer zu erklären. Und noch schwerer zu verstehen. Sie zuckt mit den Schultern. Astrid fragt nicht weiter. „Ich wollte mir gerade Tee kochen“, sagt sie. „Magst du auch? Oder lieber Cola?“

„Cola“, sagt Simone.

Astrid nimmt den Wasserkessel von der Kochplatte. Dann holt sie aus dem Schrank eine noch halbvolle Colaflasche und zwei Gläser. „Hier.“ Sie geht zum linken unteren Bett, in dem sie offensichtlich geschlafen hat. Die Decke ist unordentlich darübergeworfen. Neben

dem Kopfkissen liegt eine Tafel Schokolade. Astrid legt die Schokolade vor Simone auf den Tisch. „Hat mir Jakob gebracht. Iß."

Simone bricht ein Stück ab und steckt es in den Mund. „Hast du keine Angst, so allein?" fragt sie.

Astrid schüttelt den Kopf. „Nur manchmal ein bißchen. Nachts zum Beispiel. Hast du schon mal einen Uhu schreien gehört? Das klingt unheimlich. Aber richtig Angst? Na ja. Langweilig ist mir halt. Ich weiß vormittags nicht, was ich machen soll. Deshalb hat mir Ja-

kob gestern ein paar von meinen Büchern gebracht. Und was zum Anziehen und die Platten. Ein Plattenspieler ist nämlich hier, da drüben im Regal. Ich habe gedacht, er geht, aber er geht nicht.“ Astrid zögert. „Eigentlich finde ich es schön, daß du gekommen bist. Jakob ist in der Schule, die Ferien fangen ja erst morgen an . . .“

Wieder schweigen sie. Man hört Vogelgezwitscher. Dann sagt Astrid plötzlich: „Wir könnten uns in die Sonne setzen und was spielen. Kannst du Mühle?“

Simone nickt. Astrid steckt Goethe samt Salatblatt zurück in die Kiste und legt den Rost darauf.

„Ich habe die Steine vergessen“, sagt Simone. „Es tut mir leid.“ Damit meint sie mehr als die Steine.

Astrid winkt ab und holt zwei Steine von draußen.

Und dann sitzen sie im Garten, auf der Wiese, und spielen Mühle. Simone verliert immer, aber das macht ihr diesmal nichts aus. Hauptsache, Astrid ist nicht mehr böse auf sie. Dafür kann Simone stundenlang verlieren, wenn es sein muß. Im übrigen spielt Astrid wirklich gut. „Aus für dich“, sagt sie und setzt ihren Stein zu einer Mühle. Sie pfeift laut vor sich hin. Simone hat die Melodie schon im Radio gehört, irgendein Schlager. Dann spielen sie noch Dame, und wieder verliert Simone.

Plötzlich schaut Astrid auf die Armbanduhr. „Du mußt gehen, sonst bist du nicht zu Hause, wenn Florian und Lore kommen. Übrigens, du kannst Rainer jetzt ruhig sagen, daß du Goethe gefunden hast. Oder lieber doch nicht, sonst mußt du ja auch sagen, daß er jetzt bei mir ist.“

Simone holt ihre leere dunkelrote Tasche aus dem Haus und geht langsam und zögernd auf das Gartentor zu.

„Bringst du mir morgen ein Kreuzworträtselheft mit?“ ruft Astrid ihr nach.

Auf einmal fällt Simone auf, wie schön das Wetter geworden ist, wie kräftig die Sonne scheint. Fast wie im Hochsommer. Auf dem Weg zur Straßenbahn versucht sie zu pfeifen. Es gelingt ihr nicht. Vielleicht bringt Astrid es ihr morgen bei. Sie wird sie einfach fragen.

12.

„Wo gehst du hin?“ fragt Florian, als Simone nach dem Frühstück sagt, sie würde ein bißchen weggehen. Es ist der erste Ferientag, auch Tante Lore ist zu Hause. Sie sind spät dran, weil Tante Lore etwas länger schlafen wollte.

Simone zuckt mit den Schultern. „Spazieren. Mir die Stadt anschauen.“

„Darf ich mit?“ fragt Florian.

Sie schüttelt den Kopf. „Nein, ich will allein sein.“

Er verzieht beleidigt den Mund. Schon gestern abend war er beleidigt, weil Simone einmal eine Nacht allein schlafen wollte. Dabei ist sie doch wirklich nur besonders müde gewesen. Und zum erstenmal, seit sie hier ist, hat sie keine Mühe mit dem Einschlafen gehabt. In der Nacht hat sie von mehreren Goethes geträumt. Eine Katze ist gekommen, doch Simone konnte die gesamten Goethes in Sicherheit bringen. In lauter winzigen Gartenlauben. Morgens nach dem Aufwachen hat sie sofort darüber nachgedacht, wie man aus Goethes Holzkiste mit dem Gitterrost als Deckel eine Gartenlaube bauen könnte. Gelb mit blauen Fensterrahmen.

„Gehst du zu Astrid?“ fragt Tante Lore, als Florian verschwunden ist.

Simone schaut sie verblüfft an.

„Ich weiß es schon seit zwei Tagen", sagt Tante Lore. „Sag ihr doch, sie könnte ruhig wieder heimkommen. Rainer tut es auch schon leid. Und sie kann schließlich nicht die ganzen Ferien dort sitzen. Wenn schönes Wetter ist, wollen Thomas und Anna am Sonntag zum Garten fahren, und das können sie nur, wenn Astrid vorher verschwindet. Sag ihr das."

Simone nickt. „Und was ist mit Goethe?"

Tante Lore zuckt mit den Schultern. „Keine Ahnung. Ich wäre froh, wenn wir ihn endlich gefunden hätten. Rainer stellt sich wirklich unmöglich an. Jeden Abend dasselbe Theater."

„Ich habe ihn schon gefunden", sagt Simone. „Er ist bei Astrid."

Jetzt schaut Tante Lore Simone verblüfft an. Dann schüttelt sie den Kopf. „Sieh mal einer an. Das würde deine Mutter sicher nicht in dir vermuten."

Simone holt sich eine Plastiktüte aus der Küche. Sie steckt ihren Walkman und die Kassette von Supertramp hinein. Tante Lore beobachtet sie dabei. „Du könntest wirklich ein bißchen mehr reden", sagt sie. „Man weiß so wenig von dir."

Simone lächelt sie freundlich an. Das ist auch gut so, denkt sie. Nicht alle Leute brauchen etwas von mir zu wissen. Karin schon. Und Astrid. Und vielleicht Jakob.

„Nimm doch ein paar Äpfel mit", sagt Tante Lore.

Simone packt auch noch drei Äpfel ein. Und zwei Bananen. „Die ißt Astrid so gern", sagt Tante Lore.

Dann zieht Simone los. Unterwegs kauft sie noch das Kreuzworträtselheft, das Astrid bestellt hat. Diesmal geht alles ganz einfach, sie kennt den Weg ja bereits.

Astrid erwartet sie. Sie sitzt am Gartentor und hat Goethe auf dem Schoß.

„Hier“, sagt Simone und hält ihr die Tüte hin.

Astrid packt die Tüte aus. Als sie den Walkman sieht, wird sie rot. „Warum? Du brauchst das Ding doch selber?“

„Ach, eigentlich gar nicht mehr so sehr“, sagt Simone. „Leider habe ich nur eine Musikkassette. Die anderen, die ich dabei habe, sind Märchen. Die magst du doch bestimmt nicht. Kann ich mir ein Glas Cola holen? Es ist warm.“

Astrid nickt. Sie steht auf, geht hinter Simone her ins Haus und setzt Goethe in seine Kiste. Dann schält sie sich eine Banane und beißt hinein.

„Glaub aber bloß nicht, du könntest dich bei mir einschmeicheln“, sagt sie.

Simone schüttelt den Kopf.

„Ich meine, weil du mir jetzt einfach Sachen bringst“, sagt Astrid. „Du kannst mich nicht kaufen, daß du's weißt.“ Sie steckt die Kassette in den Walkman und setzt die Kopfhörer auf.

„Darf ich Goethe ein bißchen rausnehmen?“ fragt Simone.

Astrid nickt.

Simone setzt sich mit Goethe an den Tisch. Sie ist traurig. Am liebsten würde sie Goethe ans Gesicht halten und ein bißchen weinen. So wie sie zu Hause Zoppel nimmt, wenn sie weinen will. Aber sie läßt es bleiben, wegen Astrid. Wer weiß, was die dann wieder denkt.

Goethe kriecht unter Simones Ärmel. Seine feinen Krallen krabbeln auf ihrer Haut. Am Halsausschnitt kommt er wieder heraus. Sie muß lachen. Astrid nimmt die Kopfhörer ab. „Und?“ fragt sie. „Wollen wir heute etwa nichts spielen?“

Goethe wandert wieder in die Kiste, und Simone und Astrid setzen sich in den Garten. Diesmal gibt sich Simone große Mühe. Beim zweiten Mühlespiel gewinnt sie. Astrid schaut sie erstaunt an und sagt: „Na so was!“ Beim dritten Spiel gewinnt Astrid, beim vierten und fünften wieder Simone.

Und dann kommt Jakob. Er setzt sich zu ihnen. „Am Sonntag wollen Anna und Thomas herfahren“, sagt er.

„Ja“, sagt Simone. „Und Tante Lore hat gesagt, du könntest ruhig wieder heimkommen, Rainer täte es schon leid.“

Astrid seufzt. „Lehrer, ich sag’s ja! In dieser verdammten Clique kann man nichts geheimhalten. Wer hat denn da schon wieder gequatscht? Woher weißt du es eigentlich, Simone?“

„Bestimmt von Florian“, sagt Jakob. „Die Kleinen können das Maul nicht halten. Jörg hat es Anna erzählt und vermutlich auch Florian.“

Simone nickt. „Ich weiß es von Florian, aber Lore von Jakobs Mutter. So sind Mütter nun mal. Meine hätte das auch gemacht.“

„Gut“, sagt Astrid ergeben. „Es stimmt ja, durch Weglaufen ändert sich nichts, und ich kann schließlich nicht ewig hier hocken. Sag Lore, daß ich morgen wieder heimkomme. Morgen nachmittag. Wenn sie will, kann sie mich ja mit dem Auto holen. Wegen Goethe.“

Weil man zu dritt nicht Mühle spielen kann, holt Jakob das Monopoly aus dem Haus. „Es verdirbt den

Charakter", sagt er. „Jedenfalls behauptet Thomas das immer."

„Bei mir ist nicht viel zu verderben", meint Astrid. „Bei dir auch nicht. Höchstens bei Simone, aber so sicher bin ich mir da auch nicht."

Sie lachen. Und spielen. Einmal sagt Jakob zu Simone: „Wenn du lachst, siehst du viel hübscher aus, als wenn du heulst."

Simone wird rot, und Astrid sagt: „Na so was."

Nach dem blöden Anfang ist es doch noch ganz schön geworden, denkt Simone auf dem Heimweg. Nur das mit dem Pfeifen habe ich vergessen. Na ja.

„Und?" fragt Tante Lore, als Simone zur Tür hereinkommt.

„Morgen nachmittag. Wenn du willst, sollst du sie abholen. Nur wegen Goethe, hat sie gesagt."

Tante Lore nickt.

Als Onkel Rainer nach dem Abendessen die übliche Suchrunde beginnen will, sagt Tante Lore zu ihm: „Das kannst du bleibenlassen, die Ratte ist schon gefangen. Sie ist nicht im Haus, wenigstens vorübergehend nicht."

Onkel Rainer läßt sich erleichert auf einen Sessel fallen.

Auf einmal sieht er fast wieder so fröhlich aus, wie Simone ihn von früher in Erinnerung hat. Von den seltenen und ziemlich kurzen Besuchen. Damals hat sie sich oft gewünscht, ihr Vater wäre so wie er.

„Wer hat das Biest gefunden?" fragt er.

„Simone."

Onkel Rainer zieht Simone auf den Schoß und umarmt sie. „Dafür werde ich dir ewig dankbar sein. Was

wünschst du dir denn als Finderlohn? Sollen wir vielleicht morgen mittag zusammen in den Zoo gehen?“

„Au ja“, kreischt Florian.

Aber Simone schüttelt den Kopf. „Lieber mal ins Kino“, sagt sie. „Wenn Astrid wieder da ist.“

Florian ist enttäuscht. „Du magst nur noch Astrid“, sagt er. „Von mir willst du gar nichts mehr wissen.“ Er zieht einen Flunsch.

Kleine Brüder können doch ganz schön lästig sein.

„Wann gedenkt deine Tochter wieder heimzukommen?“ fragt Onkel Rainer.

Tante Lore hat eine Flasche Rotwein aus der Küche geholt und zieht gerade den Korken heraus. Mit vor Anstrengung rotem Gesicht schaut sie hoch und sagt böse: „Du vergißt manchmal, daß sie auch deine Tochter ist.“

„Also gut“, sagt Onkel Rainer. „Wann gedenkt unsere gemeinsame Tochter wieder heimzukommen?“

„Morgen“, sagt Tante Lore. „Mit Goethe.“ Und sie gießt Wein in zwei Gläser. „Irgendwie müßt ihr euch einigen. Astrid ist genauso hier daheim wie du.“

Onkel Rainer gibt keine Antwort. Er seufzt nur und trinkt einen Schluck. Als er das Glas abstellt, seufzt er noch einmal.

„Florian-Zoppel“, sagt Simone, „willst du heute nacht bei mir schlafen?“

Er rennt sofort in sein Zimmer und kommt mit Schlafanzug und Kopfkissen wieder. „Ich bin schon fertig“, sagt er. „Erzählst du mir wieder ein Märchen?“

Tante Lore wirft Simone einen seltsamen Blick zu. Simone lächelt sie mit dem gleichen Lächeln an wie am Vormittag. Diesmal lächelt Tante Lore zurück.

13.

Simone hat ihr Zeichenzeug auf dem Eßtisch ausgebreitet, weil der Tisch in ihrer Kammer zu klein ist. Den großen Zeichenblock hat sie sich am Vormittag gekauft, Lineal, Bleistifte und Radiergummi hatte sie dabei, und die Buntstifte hat sie sich aus Florians Schulranzen geliehen.

Sie zeichnet die Umrisse der Holzkiste. Etwa fünfzig Zentimeter lang, vierzig Zentimeter breit und dreißig Zentimeter hoch. Mit der Perspektive klappt es nicht richtig.

Onkel Rainer schaut ihr über die Schulter. „Was soll denn das werden?“ fragt er.

„Ein Haus für Goethe“, antwortet Simone, ohne den Kopf zu heben. „Er hat nur diese komische Holzkiste. Ich überlege, wie man ein Haus daraus bauen könnte.“

„Und wie hast du dir das vorgestellt?“ fragt er interessiert und setzt sich neben sie.

Simone erklärt ihm genau, wie das Haus in ihrem Traum ausgesehen hat. Gelb mit blauen Fensterrahmen. Nur an das Dach kann sie sich nicht erinnern. Vielleicht hat sie auch gar kein Dach geträumt.

Onkel Rainer nimmt ihr das Lineal aus der Hand und zeichnet die Perspektive ein. „So muß es sein, wenn deine Maße stimmen. Und wo sollen die Fenster hin?“

„Da und da", sagt Simone. „Aber sie dürfen nicht zu groß sein, damit Goethe nicht durchs Fenster abhauen kann."

„Um Gottes willen, nein", sagt Onkel Rainer. „Ich bin dafür, daß wir ihm Gitter davor machen."

Simone schüttelt den Kopf. „Goethe soll doch nicht in einem Gefängnis wohnen. Das Fensterkreuz muß eben etwas breiter sein, dann paßt er nicht mehr durch die Löcher."

Onkel Rainer schweigt einen Moment, dann räuspert er sich und fragt: „Wie groß ist er eigentlich, dieser Goethe?" Seine Stimme klingt rauh.

Simone zeigt mit den Händen, wie lang Goethe ist. „Natürlich ohne Schwanz."

„Natürlich", murmelt Onkel Rainer.

Das Haus haben sie bald entworfen, nur über die Dachkonstruktion können sie sich nicht einig werden. Simone hätte gern ein richtiges Spitzdach zum Abheben, mit aufgemalten, rotbraunen Ziegeln. Aber dann paßt das Haus nicht mehr unter Astrids Bett. „Und das geht wohl nicht", sagt sie zu Onkel Rainer. „Wenn du dann zufällig mal in ihr Zimmer schaust, kriegst du einen Herzschlag."

„Bestimmt", sagt Onkel Rainer. „Besonders, wenn sich dieser Goethe ebenso zufällig gerade aus dem Fenster lehnt und mir vielleicht auch noch zuwinkt."

Er ist für einen stabilen, dünnmaschigen Metallrost mit einer noch stabileren Befestigung zum Einhaken. Und am besten noch mit einem zusätzlichen Vorhängeschloß.

„Wie sieht das denn aus!" sagt Simone.

Sie nimmt einen gelben und einen blauen Buntstift und malt erst einmal das Haus an.

In diesem Moment kommt Tante Lore. „Ich fahre jetzt“, sagt sie. „Willst du mitkommen, Simone?“

„Nein, ich warte hier.“

Tante Lore nimmt den Autoschlüssel vom Garderobentisch, wo er immer liegt, und geht.

Onkel Rainer steht auf. Er ist nervös. „Ich glaube, ich mache einen langen Spaziergang“, sagt er. „Meinst du nicht, ich sollte besser nicht da sein, wenn sie kommt?“

Simone malt einen blauen Fensterrahmen.

„Wo ist eigentlich Florian?“ fragt er.

„Bei Jörg“, sagt sie und denkt: Und bei Jakob.

„Freundschaften sollte man pflegen. Ich glaube, ich werde Anna und Thomas besuchen“, meint Onkel Rainer und greift nach seiner Jacke.

Simone ist längst mit dem Anmalen des Hauses fertig. Sie hat sogar noch Blumenkästen vor den Fensterbänken angebracht. Aufgemalte natürlich, aber das sieht ganz witzig aus.

Um das Haus herum malt sie den Garten mit blühenden Lupinen und Akelei, darüber einen hellblauen Himmel.

Endlich hört sie, wie die Tür aufgeschlossen wird. Astrid kommt zuerst herein, sie trägt die Kiste mit Goethe. Tante Lore folgt ihr mit zwei Plastiktüten und Astrids Schultasche.

Astrid nickt Simone nur zu und geht gleich in ihr Zimmer.

„Soll ich Tee kochen?“ fragt Simone.

Tante Lore stellt das Zeug ab. „Lieber Kaffee.“

Simone ist froh, daß sie etwas zu tun hat. Astrid kommt ihr auf einmal wieder fremd vor, wie ein ganz anderer Mensch. Simone weiß nicht, was sie mit ihr reden soll.

Eigentlich kann sie sich im Moment überhaupt nicht vorstellen, daß sie je wieder etwas mit ihr redet. Sie hätte in dem Gartenhäuschen bleiben sollen, denkt sie. Ich hätte sie dann jeden Tag besucht, und wir hätten Mühle gespielt.

Sie stellt den Filter auf die Kanne und schüttet Kaffee hinein. Das Wasser kocht schon.

Astrid kommt in die Küche. „Hallo“, sagt sie. „Ich habe das Mühlespiel mitgenommen. Ausgeliehen. Okay?“

„Okay“, sagt Simone und gießt kochendes Wasser auf den Kaffee.

Astrid stellt Tassen, Zucker und Milch auf ein Tablett und trägt es ins Wohnzimmer. „Du hast ja die Laube gemalt“, ruft sie laut.

„Warum ohne Dach?“

Simone bringt die Kaffeekanne und erklärt, daß es ein Goethe-Haus sein soll.

Astrid ist begeistert und würde am liebsten auf der Stelle mit dem Sägen der Fenster anfangen.

„Wart's ab“, sagt Tante Lore. „Du mußt doch noch mit Rainer reden.“

Astrids Gesicht ist plötzlich wieder verschlossen. Wie früher.

Gegen Abend kommt Onkel Rainer zurück. Er hat einen langen Besuch gemacht und bringt Florian gleich mit. Und eine große Portion Eis. Es wirkt wie Versöhnung, nur daß Astrid und Onkel Rainer es vermeiden, einander anzuschauen. Geschweige denn, daß sie miteinander reden.

Das Eis soll angeblich das beste der ganzen Stadt sein, aber keiner hat so richtig Appetit. Nur Florian. Astrid schiebt ihm ihre letzte Kugel hin.

Es ist schon spät am Abend, sie sitzen alle im Wohnzimmer.

Der Film ist zu Ende, und Simone will gerade aufstehen, um ins Bett zu gehen. Da macht Onkel Rainer den Fernseher aus und sagt: „Also, was machen wir jetzt mit Goethe?"

Simone bleibt sitzen.

Astrid schaut ihren Vater an. „Ich will ihn behalten", sagt sie.

„Und ich habe Angst vor ihm."

„Du brauchst ja nicht in mein Zimmer zu kommen", sagt Astrid. „Ich verspreche dir, daß ich immer die Tür zulasse."

Tante Lore mischt sich ein. „Auf die Dauer ist das doch keine Lösung", sagt sie. „Vielleicht kannst du dich doch ein bißchen an dieses Viehzeug gewöhnen, Rainer? Du kannst doch nicht wirklich Angst vor Mäusen und Ratten haben. Sie sind doch so klein."

Onkel Rainer macht ein hilfloses Gesicht. Wie Florian sieht er jetzt aus. Er hebt die Schultern und läßt sie wieder fallen.

„Ich habe mal so was gelesen", sagt Astrid eifrig. „Wie man Leute an was gewöhnt. In ganz kleinen Schritten, das ist das Wichtigste. Jeden Tag ein paar Zentimeter näher und eine Minute länger. Bis man es ganz leicht aushält. Und am Schluß nimmst du ihn sogar auf die Hand, Rainer."

„Das nennt man Verhaltenstherapie", sagt Onkel Rainer. „Ich bezweifle allerdings, daß ich ihn je auf die Hand nehme. Aber wir können es ja mal probieren." Er steht auf. „Gut, zeig ihn mir. Damit ich wenigstens weiß, wie mein Gegner aussieht."

Astrid geht voran, Onkel Rainer, Tante Lore, Simone und Florian folgen. Astrid holt die Kiste unter dem Bett hervor und will den Gitterrost abnehmen. „Nein", sagt Onkel Rainer. „Nicht direkt Auge in Auge. Man soll es nicht übertreiben." Er macht zögernd einen Schritt auf die Kiste zu und bückt sich. „Halt den Deckel fest", sagt er, und Astrid hält den Gitterrost fest, obwohl die Steine darauf liegen.

Onkel Rainer steht eine ganze Weile ruhig da und schaut in die Kiste. Dann dreht er sich um. „Das reicht für heute", sagt er und geht wieder ins Wohnzimmer. Er läßt sich in den Sessel fallen und schnauft hörbar. Er ist blaß geworden.

Simone setzt sich neben Astrid auf das Sofa.

„Und?" fragt Astrid gespannt. „Findest du ihn so furchtbar?"

„Furchtbar?" sagt Onkel Rainer. „Ich weiß nicht. Ich weiß nur, daß mir schlecht ist."

Tante Lore bringt ihm einen Schnaps, er trinkt ihn aus und bekommt wieder etwas Farbe ins Gesicht.

„Ich mach dir ein Gegenangebot", sagt Astrid. „Ich lerne jeden Tag eine Seite Lateinwörter. Du gewöhnst dich an Goethe und ich gewöhne mich ans Wörterlernen."

Jetzt lacht Onkel Rainer, und Astrid rennt in die Küche und holt Schokolade. „Hier, zum Feiern."

Onkel Rainer will aber lieber einen zweiten Schnaps, es geht ihm immer noch nicht ganz gut.

„Ich bin dagegen, daß es jeden Tag einen Goethe-Schnaps gibt", sagt Tante Lore.

Florian bricht sich einen Riegel Schokolade ab und schiebt ihn in den Mund. „Aber gegen Goethe-Schokolade ist nichts einzuwenden", nuschelt er. „Von mir aus jeden Tag."

14.

Auf dem Tisch liegen aufgeschlagene Donald-Duck-Heftchen, daneben stehen die Gläser mit Stoffarben.

„Soll ich das T-Shirt wirklich anziehen?“ fragt Jakob. „Ihr könntet doch auch Zeitungspapier dazwischenlegen, damit die Farbe nicht durchgeht.“

„Dann können wir aber nicht gleichzeitig malen“, sagt Astrid. „Mach nicht so ein Theater. Los, stell dich da vors Fenster.“

Jakob zieht das alte, weiße T-Shirt an, das Astrid aus ihrem Schrank geholt hat. Simone bemalt Jakobs Vorderseite, Astrid hat den Rücken übernommen. Simone taucht ihren Pinsel in die schwarze Farbe und malt auf Jakobs linke Brusthälfte die Konturen eines Donald Duck mit aufgespanntem Regenschirm. Jakob schüttelt sich. „Das geht durch bis auf die Haut“, sagt er. „Naß und kalt geht es durch bis auf die Haut. Eklig.“

„Halt still“, sagt Astrid. „Ich habe das Bein von Trick verwackelt.“

Simone steht sehr dicht vor Jakob. Wenn sie sich zu ihrer Zeichnung beugt, fühlt sie sein Gesicht in ihren Haaren und seinen warmen Atem. Das ist angenehm, deshalb malt sie sehr langsam und sorgfältig. Ab und zu berührt sie mit ihrem Atem seinen Arm. Seine Brustwarzen drücken sich durch das T-Shirt. Sie legt ihre Hand auf seine rechte Brusthälfte. „Das Bild verrutscht sonst“, murmelt sie. Durch das T-Shirt hindurch fühlt sie seine warme Haut. Ihr ist auch heiß, sie schwitzt. Kein Wunder, die Sonne scheint vom Himmel, als wäre es bereits August.

„In vier Tagen kommen deine Eltern“, sagt Jakob.

Simone nickt und nimmt ihre Hand von seiner Brust. Er ist auch am Körper braun, das hat sie vorhin gesehen, als er sich umgezogen hat. Neben Donalds Kopf schreibt sie *Au verdammt!* und zieht eine schwungvolle Sprechblase drum herum.

Sie kann Jakobs Atem an ihrem Nacken fühlen. Sie hebt den Kopf, und einen Moment lang ist ihr Gesicht sehr nahe vor seinem. Seine Augen sind nicht ganz braun, um die Pupille herum haben sie einen hellgrünen Ring. Simone schaut schnell weg.

„Was macht dein Vater eigentlich in Ägypten?“ fragt Jakob.

Simone nimmt ein kräftiges, sattes Blau für Donalds Hemd. „Ich weiß es nicht“, sagt sie. „Irgendwelche Maschinen reparieren oder sagen, wie sie repariert werden sollen.“

„Komisch, daß du das nicht weißt“, meint Jakob. „Mich würde das schon interessieren. Na ja, meine Eltern sind beide Lehrer. Und Lehrerkinder sind vermutlich die einzigen, die immer genau wissen, was ihre Eltern arbeiten.“

„Ich weiß aber auch, was Rainer macht“, sagt Astrid, „manchmal besuche ich ihn im Amt.“ Sie kichert. „Von hinten bist du besonders schön. Die Leute werden ihren Spaß an dir haben.“

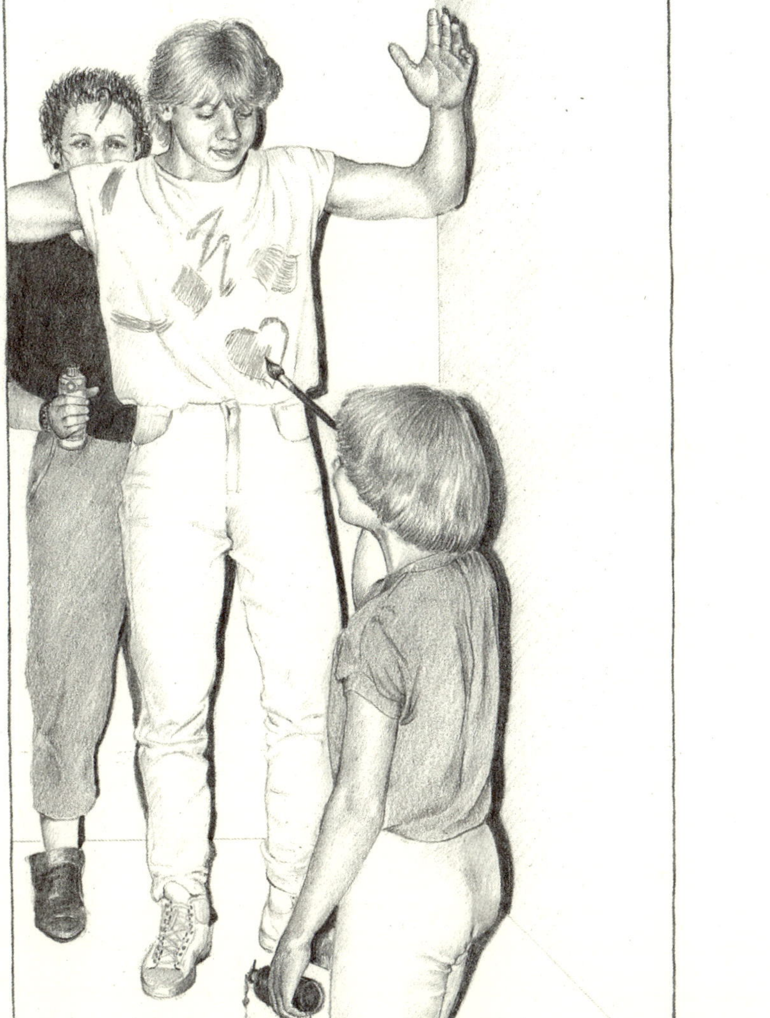

Jakob dreht den Kopf nach hinten und reckt den Hals. Aber natürlich kann er die Zeichnung auf seinem Rücken nicht sehen. „Malst du was Unanständiges?“ fragt er. „Donald als Pornostar oder so?“

„Ich doch nicht“, sagt Astrid empört. „Wart’s ab, du wirst schon sehen.“

Eine ganze Weile arbeiten sie schweigend vor sich hin. Und immer wieder fühlt Simone Jakobs Gesicht in ihren Haaren. Irgendwie muß es eine Verbindung vom Kopf zum Bauch geben, irgendwelche Nerven, von denen sie bisher nichts gewußt hat. Denn wo sollte sonst das Kribbeln herkommen? Und schnell, bevor sie es sich anders überlegen kann, malt sie in die Sprechblase, direkt unter das *Au verdammt!* ein knallrotes Herz.

Sie tritt einen Schritt zurück, um das Bild in seiner Gesamtheit zu sehen. Jetzt würde sie es sich gern anders überlegen, das Herz sieht auf dem weißen Hemd und zu den schwarzen Buchstaben sehr rot aus. Einfach verdammt rot. Aber gemalt ist gemalt, da kann man nichts machen.

„Und jetzt stellst du dich auf den Balkon zum Trocknen“, sagt Astrid, als sie endlich fertig sind.

Jakob dreht sich um, und Simone sieht, was er auf dem Rücken hat. Astrid hat sich nicht an die Donald-Duck-Abmachung gehalten. Sie hält sich oft nicht an Abmachungen. Zum Beispiel die eine Seite Lateinwörter am Tag. Jedenfalls prangt auf Jakobs Rücken ein großer, dicker Obelix von hinten, der Trick und Track an den Händen führt. Tick sitzt auf seiner Schulter und dreht mit zur Seite gewandtem Kopf eine lange Nase.

Astrid bringt Jakob einen Stuhl auf den Balkon, weil

er schon lange genug gestanden hat. Und Simone gießt ihm eine Limo ein.

„So ein Pascha", sagt Astrid, und Jakob grinst.

Es sind wirklich nur noch vier Tage, denkt Simone. Genaugenommen nur noch dreieinhalb. Ihre Eltern haben gestern angerufen. Am Samstagmorgen werden sie ankommen, so gegen elf. Natürlich könnten sie zum Mittagessen bleiben, aber nach dem Kaffeetrinken müßten sie dann fahren.

Simone hält es plötzlich nicht mehr aus. Sie geht ins Badezimmer und schließt hinter sich ab. Sie setzt sich auf den Wannenrand. Eigentlich möchte sie weinen. Obwohl sie sich natürlich auch auf ihre Eltern freut, auf zu Hause, auf ihr Zimmer und ihre Bücher, auf Karin. Trotzdem hätten ihre Eltern ruhig etwas länger bleiben können. Knapp drei Wochen, das ist doch keine richtige Erholung.

Sie wischt sich über die Augen. Dann hat sie eine Idee. Sie geht aus dem Badezimmer. Astrid und Jakob sitzen auf dem Balkon und reden. Leise schleicht sie sich in Astrids Zimmer und holt alles, was sie braucht. Die schwarze Farbe, einen Pinsel und Goethes Behausung.

Es ist keine Kiste mehr, auch kein Haus. Es ist eine Villa.

Astrid und Jakob sind so in ihr Gespräch vertieft, daß sie nichts merken. Simone verriegelt die Badezimmertür.

Sie zieht ihr T-Shirt aus, das lange, lilafarbene, das Astrid so gut gefällt, und breitet es auf der Waschmaschine aus. Dann schiebt sie ein Handtuch dazwischen, damit es nicht durchfärbt. So, und jetzt noch Goethe. Er soll ihr Modell stehen. Zuerst rennt er auf dem T-Shirt herum, und sie muß ein paarmal nach ihm greifen, damit er nicht abstürzt, doch dann legt sie ihm etwas Käse auf das Hemd. Das wirkt immer, er ist verfressen. Er nimmt den Käse, hockt sich hin und knabbert.

Ein wunderbares Modell, kein Maler könnte ein besseres haben. Sie zeichnet die Konturen groß und schön vorn auf das T-Shirt. Goethe knabbert und schaut sie an. Simone lächelt. Die neue Villa ist wirklich edel geworden, paßt viel besser zu Goethe als die Holzkiste. Sie haben auch mindestens drei Tage daran gearbeitet, bis sie fertig war. Gelb mit blauen Fensterrahmen, vor den Fenstern bunte Blumenkästen, so wie auf ihrem Plan. Nur beim Dach haben sie sich nach Onkel Rainers Vorschlag gerichtet, weil er sich doch nicht so ganz an Goethe gewöhnen kann. Er hat den engmaschigen Gitterrost besorgt und eigenhändig starke Haken daran befestigt. Die Ösen dazu haben sie in die Holzwand geschraubt.

Simone malt gerade einen besonders wohlgeringelten Rattenschwanz, als an der Badezimmertür gerüttelt wird.

„Simone, was ist los?“ ruft Astrid. „So lange pinkelt doch kein Mensch!“

Simone hält inne, dreht sich zur Tür. „Gleich!“ ruft sie. „Ich bin gleich fertig.“

Goethe läßt seinen Käse fallen und rennt über sein Abbild. Simone grapscht nach ihm und stößt dabei das Farbglas von der Waschmaschine. Peng. Das Glas bricht, die Farbe zerläuft auf den Bodenkacheln. Simone erschrickt. Aber Goethe hat sie erwischt, immerhin.

Sie setzt ihn zurück in seine Villa und hakt den Gitterrost ein.

Der Fleck ist inzwischen noch größer geworden. Verdammter Mist! Und das Bild ist auch noch nicht fertig. Sie bückt sich und taucht den Pinsel in die Pfütze. Das Malen dauert jetzt natürlich länger. Als sie Goethe zum Schluß noch ein paar schwungvolle Schnurrhaare verpaßt, tut ihr der Rücken weh vom vielen Bücken. „Schön bist du geworden, Goethe", sagt sie. Dann nimmt sie einen Lappen und wischt die Farbe auf. Die weißen Ritzen zwischen den Kacheln sind jetzt schwarz. Erschrocken und ratlos starrt Simone auf den Boden.

„Simone, was ist denn los?" ruft Astrid von draußen.

Da macht Simone die Tür auf.

Astrid betrachtet die schwarzen Ritzen. „Wenn mir das passiert wäre", sagt sie, „würde Rainer den größten Stunk machen. Aber bei dir sagt er vielleicht nichts." Dann sieht sie das Ratten-T-Shirt.

„Für dich", sagt Simone, und Astrid stößt einen begeisterten Schrei aus.

Der Schrei lockt Jakob an. Zu dritt stehen sie in dem engen Badezimmer. Jakob schaut Simone an und wendet schnell den Kopf ab. Da erst denkt Simone daran, daß sie kein T-Shirt anhat. Verlegen läuft sie in ihr Zimmer und nimmt eine Bluse aus der Kommode. Astrid zieht sich doch auch um, wenn er dabei ist, denkt sie. Da guckt er nicht so komisch.

Unsicher und noch immer verlegen geht sie hinaus. Astrid und Jakob sitzen inzwischen im Wohnzimmer. Beide haben ihre neuen T-Shirts vor sich auf dem Tisch liegen. Jakob fährt mit dem Finger die Donald-Umrisse nach. Als Simone neben ihm steht, berührt er das Herz und schaut sie an.

Die Stimmung ist irgendwie seltsam. Fast wie Abschied. Dabei dauert es doch noch dreieinviertel Tage.

Astrid ist auch sehr still. Nach einer Weile sagt sie: „Jetzt sollten wir eigentlich alle vor Rührung weinen."

Simone muß schlucken. „Vielleicht sollten wir uns die Sache mit der Rührung schenken", sagt sie dann. „Ich weiß nicht, ob Tante Lore so gerührt sein wird, wenn sie heimkommt und das Badezimmer sieht."

„Ich hab mir schon was überlegt", sagt Jakob. „Deckweiß. Wir malen die Ritzen mit Deckweiß an, und morgen bring ich dann richtige Farbe."

Astrid springt sofort auf. „Dann mal los", sagt sie. „Alles ist besser, als hier trübsinnig rumzuhocken."

Sie holt Deckweiß aus Florians Ranzen, während Jakob die Pinsel saubermacht. Simone nimmt Goethe aus der Villa. „Mein Starmodell", sagt sie. Beim Ritzenmalen hockt er auf ihrer Schulter.

Bevor er abends weggeht, sagt Jakob leise zu Simone: „Das rote Herz ist sehr schön. Danke."

Simone merkt, wie ihr Kopf ganz heiß wird. Bestimmt bin ich jetzt so rot wie das Herz, denkt sie, einfach verdammt rot.

15.

Am Freitagabend kommt Onkel Rainer früher nach Hause. „Ich habe mir gedacht, wir gehen heute zusammen essen und dann ins Marionettentheater“, sagt er. „Weil's doch der letzte Abend ist. Ich habe schon Karten besorgt.“

„Waschen und umziehen“, sagt Tante Lore. „Besonders Florian.“

Florian rennt sofort los.

Astrid sagt, erst müsse noch das Goethe-Gewöhnungsprogramm ablaufen. Aber Onkel Rainer will nicht. „Dann habe ich nachher keinen Appetit“, sagt er. „Und das wäre doch schade, wenn ich schon das ganze Geld ausgebe.“

„Du nimmst das Gewöhnen nicht richtig ernst“, sagt Astrid vorwurfsvoll. „Jeden zweiten Tag hast du eine andere Ausrede. Und du guckst ihn auch nur durch das Gitter an, ich darf ihn immer noch nicht rausnehmen.“

Onkel Rainer seufzt. „Ich habe das Gefühl, daß Verhaltenstherapie gewisse Grenzen hat“, sagt er. „Wie ist es eigentlich bei dir mit dem Wörterlernen? Es müßten doch inzwischen schon mindestens acht bis zehn Seiten sein, oder?“

„Ich zieh mein neues Ratten-T-Shirt an“, sagt Astrid. „Vielleicht hilft dir das beim Gewöhnen.“ Im Weggehen dreht sie sich noch einmal um. „Ich glaube übrigens auch, daß Verhaltenstherapie gewisse Grenzen hat."

Eine Stunde später sitzen sie in einem italienischen Restaurant und lesen die Speisekarte. Simone möchte Ravioli.

„Aber die kannst du doch auch zu Hause essen", sagt Tante Lore. „Nimm doch was Schönes. Zum Beispiel hier, Petti di pollo alla lombarda. Das ist Hühnerbrust. Mit Blattspinat."

„Pfui Teufel, Spinat", sagt Simone. „Wie man so was nur freiwillig essen kann! Spinat, Lauch und Rosenkohl. Davon wird mir schlecht, das esse ich auf keinen Fall."

Tante Lore wirft ihr einen seltsamen Blick zu.

„Du brauchst mich gar nicht so anzuschauen", sagt Simone. „Das esse ich nicht. Auch nicht aus Höflichkeit."

„Brave Kinder essen, was auf den Tisch kommt", sagt Astrid. „Besonders aus Höflichkeit."

Die Ravioli sind wirklich gut.

„Ihr hättet mir ruhig eine Schwester anschaffen können", sagt Astrid vorwurfsvoll zu Tante Lore. „Nur ein Bruder ist ein bißchen wenig. Ganz abgesehen davon, daß einem Brüder manchmal ganz schön auf den Geist gehen können."

Florian schaut nicht von seinem Teller hoch.

„Ich bin dir früher auch auf den Geist gegangen", sagt Simone.

Astrid schneidet ein größeres Stück von ihrem Schnitzel ab, schiebt es in den Mund und sagt: „Na ja, früher . . ."

Im Marionettentheater gibt es Froschkönig. Ausgerechnet.

Der König kommt von einer Reise zurück und bringt seiner jüngsten Tochter einen goldenen Ball mit. Die Tochter hat lange, blonde Haare. Plötzlich fällt Simone auf, daß die Könige im Märchen oft verreisen. Aber man erfährt nie, warum. Offensichtlich nur zu dem Zweck, ihren Töchtern etwas mitzubringen. Es ist wirklich blöd, daß ich nicht weiß, was mein Vater macht, wenn er wegfährt, denkt sie. Ich muß ihn doch mal fragen.

Der König hat ein rotes Gesicht und einen dicken Bauch. Mein Vater nicht, denkt Simone. Und die Prinzessin sieht nicht aus wie Astrid. Dabei wäre das viel richtiger.

Simone beugt sich zu Florian, der neben ihr sitzt. „Gefällt es dir?“ flüstert sie.

Er nickt.

„Ich habe eine Kassette mit dem Froschkönig“, sagt Simone. „Soll ich sie dir schenken?“

„Au ja“, sagt Florian. Er tastet nach ihrer Hand, starrt aber weiter auf die Bühne. Aus der Reihe vor ihnen zischt eine Frau: „Ruhe!“

Simone konzentriert sich auf das Stück. Aber sie kennt es zu gut. Nur als die Prinzessin den Frosch an die Wand wirft, schaut sie gebannt hin. Wieder falsch. Der Prinz sieht nicht aus wie Jakob. Keine sandgelben Haare, keine braunen Augen. Statt dessen braune Locken und blaue Augen. Das ist ja auch nicht gerade häßlich, aber Simone ist zur Zeit doch eher für Sandgelb und Braun.

„Kennst du den?“ flüstert Astrid laut. „Lady Di knallt Prinz Charles an die Wand. Rat mal, was passiert? Er wird ein Frosch!“

Jemand lacht. Eine Frau, dieselbe wie vorhin, motzt: „Ruhe, verdammt noch mal.“

Auf der Heimfahrt quatscht Florian ständig. Er ist völlig überdreht.

„Simone wollte mir weismachen, daß die Prinzessin kurzgeschorene Haare hat und Jeans und Schlabberpullover“, sagt er. „Dabei stimmt das gar nicht. Aber das habe ich gleich gewußt.“

Astrid schaut Simone an.

„Warum bist du so still, Simone?“ fragt Onkel Rainer.

„Brave Kinder sind eben still“, sagt Astrid. „Verdammt, du weißt doch ganz genau, was los ist! Ich bin auch traurig.“

Den Rest der Fahrt sind alle schweigsam, sogar Florian. Er ist nämlich eingeschlafen.

Zu Hause müssen sie ihn wecken, und Onkel Rainer trägt ihn die letzten Stufen hinauf.

„Ich will bei dir schlafen, Simone“, sagt Florian.

„Sie schläft heute bei mir“, sagt Astrid und wendet sich zu Simone. „Wir schleppen deine Matratze in mein Zimmer. Bei dir passen keine zwei rein.“

Florian zieht einen Flunsch.

Simone holt ihren Walkman und die Froschkönigkassette aus ihrem Zimmer. „Hier“, sagt sie zu Florian, um ihn zu trösten. „Die Kassette ist sowieso für dich. Und meinen Walkman leihe ich dir für heute abend. Das ist fast so gut wie erzählen.“

Florian macht noch immer ein enttäuschtes Gesicht, nimmt aber den Walkman.

„Ein Spatz in der Hand ist besser als eine Taube auf dem Dach", sagt Onkel Rainer.

Astrid rückt in ihrem Zimmer schon den Tisch zur Seite und zerrt ihre eigene Matratze auf den Boden. Onkel Rainer schleppt Simones Matratze an und legt sie daneben. Er wirft einen verstohlenen Blick auf die Goethe-Villa, die gelb und schön durch den Lattenrost in Astrids Bett leuchtet.

Er schüttelt sich. „Wie ihr das nur aushalten könnt mit dem Vieh in der Nähe."

Dann küßt er sie beide. Auch Tante Lore kommt heute zum Küssen, weil es doch der letzte Abend ist.

Astrid und Simone liegen nebeneinander. Draußen ist es ganz still, nur vom Bett her hören sie Goethe durchs Heu rascheln. Auch nach Goethe werde ich Heimweh haben, denkt Simone.

„Ich hab's mir überlegt", sagt Astrid. „Ich schenke dir Goethe. Erstens wird das nie was mit Rainer und Ratten, genausowenig wie mit mir und Lateinwörtern. Und zweitens kenne ich ein Mädchen, die Ratten züchtet. Von der kann ich mir eine andere besorgen, wenn ich will. Aber ich weiß noch nicht, ob ich will. Jedenfalls kriegst du in eurem Kaff nie im Leben eine Ratte."

Simone setzt sich auf. Überrascht, erschrocken und froh.

„Nur damit du nicht allein bist", sagt Astrid. „Weißt du noch?"

Simone nickt. Sie klettert über Astrid hinweg und holt Goethe.

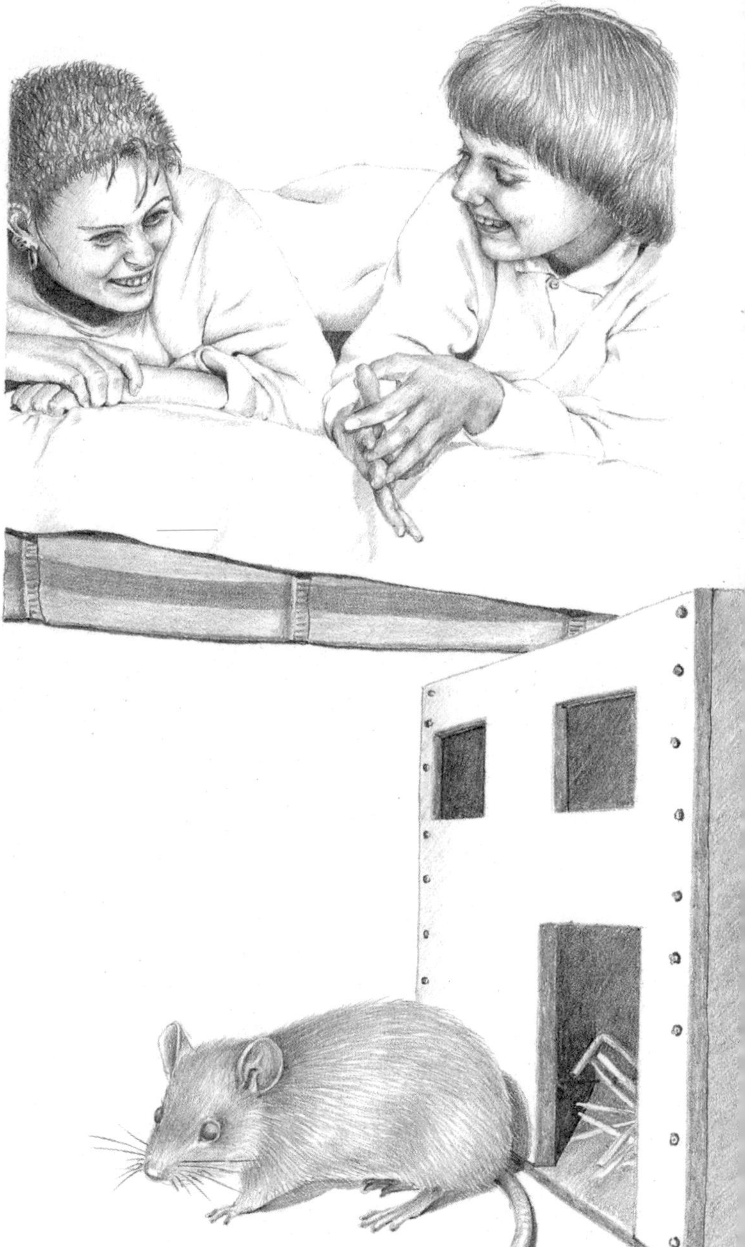

Er kriecht unter ihre Schlafanzugjacke. Das Pfoten- und Krallengetippel fühlt sich auf einmal noch viel schöner an. Persönlicher. Eigener.

„Bist du ganz sicher?“ fragt Simone.

Astrid nickt. „Ganz sicher.“

Simone beugt sich zu Astrid hinüber und legt ihr die Arme um den Hals. Sie küßt sie. Goethe benutzt die Gelegenheit und wechselt von Simones Hals auf Astrids Schulter.

Astrid hebt ihn herunter und setzt ihn auf Simones Arm. „Dahin gehörst du jetzt. Merk dir das, du blöde Ratte, du.“

16.

Simone macht ihren Eltern die Tür auf. Braun und schön sehen sie aus nach den drei Wochen. Irgendwie strahlend und zufrieden. Knuddelchen und Herbie, denkt Simone und muß lachen. Sie fällt ihrer Mutter um den Hals und küßt sie. Dann küßt sie auch ihren Vater. Der schaut sie erstaunt an. Diese Küsserei im Flur, denkt Simone. Vor drei Wochen erst haben wir hier gestanden. Drei Wochen. Es kommt ihr viel länger vor.

Tante Lore und Simones Mutter umarmen sich. „Ich bin dir ja so dankbar, Lore", sagt die Mutter.

Tante Lore lacht. „Wart's nur ab", sagt sie. „Man soll den Tag nicht vor dem Abend loben . . . Das hat schon meine Oma immer gesagt."

Endlich sind sie alle in der Wohnung, und Simones Eltern verteilen die mitgebrachten Geschenke. Für Astrid eine silberne Kette, für Florian eine Lederweste und für Tante Lore und Onkel Rainer ein echt arabisches Mokkaservice mit Kanne und Tablett. Dazu eine Dose schwarz gebrannten Kaffee.

„Du kriegst was, wenn wir zu Hause sind", sagt der Vater zu Simone.

Zum Mittagessen gibt es Fleisch und Kartoffeln, Salat und Blattspinat.

„Den hatte ich leider schon gekauft, Simone", sagt

Tante Lore. „Bevor ich wußte, daß du keinen Spinat ißt.“

„Natürlich ißt sie Spinat“, sagt Simones Mutter. „Wenigstens ein bißchen.“

„Nein, auch kein bißchen“, sagt Simone. „Kein bißchen Spinat, kein bißchen Lauch, kein bißchen Rosenkohl. Nie wieder.“

„Aber Simone“, sagt die Mutter.

Astrid grinst und sagt: „Ja, ja, so ist das. Wenn man scinc Kinder irgendwo abstellt, muß man damit rechnen, daß man sie leicht verändert wiederbekommt.“

Jetzt sagt Tante Lore: „Aber Astrid!“

Nach dem Mittagessen sitzen Tante Lore, Onkel Rainer und Simones Eltern in der Sitzecke und trinken aus den neuen Täßchen echt arabischen Kaffee.

„Ich packe jetzt mein Zeug zusammen“, sagt Simone. Ihre Mutter steht sofort auf, um ihr zu helfen.

Aber Simone lehnt ab. „Ich kann das allein. Und außerdem hilft mir Astrid.“

Die Packerei ist schwierig. Ganz unten in die dunkelrote Reisetasche kommt die Goethe-Villa. Um die Villa herum müssen Kleidungsstücke gestopft werden, daß von außen keine Kanten mehr erkennbar sind.

Simone will ihren Eltern nämlich vorsichtshalber nicht gleich von Goethe berichten. Man weiß ja nie . . . Obwohl ihre Eltern nie etwas gegen Mäuse oder Ratten gesagt haben.

Simone hat das Sweatshirt mit der Känguruhtasche angezogen, extra wegen Goethe, damit er während der Fahrt bei ihr sein kann und keine Angst haben muß. Doch vorerst steckt sie nur einen Käsewürfel und ein paar Mohrrübenstücke hinein, und Goethe bleibt in seiner Villa.

„Bestimmt gibt es wieder eine richtige Abschiedsknutscherei“, sagt Simone zu Astrid. „Und wenn Rainer mich dann ein bißchen fester umarmt . . .“

Auch Astrid findet das zu gefährlich.

Simone breitet sorgfältig ein Kleid über die Goethe-Villa und stopft es außenherum fest. „Das Kleid habe ich überhaupt nicht angehabt“, sagt sie.

Der Rest der Sachen kommt in den Koffer. Astrid muß sich daraufsetzen, damit Simone ihn zubekommt.

Wieder geht ihr alles viel zu schnell. Das Kaffeetrinken, bei dem Simone immer stiller wird. Dann der Abschied.

„Stellt euch doch nicht so an“, sagt Astrid, als Tante Lore Simone zum fünftenmal umarmt. „Ihr tut, als wär's ein Abschied für ewig.“

Tante Lore läßt Simone los. „Ihr könnt sie ruhig wieder mal bei uns abgeben“, sagt sie zu Simones Eltern. Und Simone sagt: „Wirklich, ihr solltet öfter mal alleine wegfahren, das scheint euch gut zu bekommen.“

Der Vater grinst, die Mutter schüttelt den Kopf. „Natürlich hat es uns gutgetan. Nicht, daß wir dich nicht vermißt hätten . . .“

Und wieder denkt Simone: Knuddelchen und ihr Herbie.

Dann sind sie endlich am Auto. Der Vater will das ganze Gepäck im Kofferraum verstauen. Aber Simone besteht darauf, daß die Reisetasche zu ihr auf den Rücksitz kommt. „Mein Buch ist drin“, sagt sie, „und noch ein paar Sachen.“

Der Vater stellt die Reisetasche auf den Rücksitz.

Während sie zur Stadt hinausfahren und die Eltern aufpassen müssen, um die richtigen Abfahrten zu erwischen, fummelt Simone in der Tasche herum, öffnet die Goethe-Villa. Sie tastet, bis sie ihn erwischt, hebt ihn heraus und versteckt ihn in ihrer Känguruhtasche. Mit der Hand kann sie fühlen, daß er sich sofort an ein Karottenstück macht. Der verfressene Kerl.

Sie sind schon auf der Autobahn, als die Mutter laut auflacht. Sie dreht sich zu Simone um. „Also die Geschichte mit Rainer und dieser Ratte, die ist ja wirklich zu komisch. Aber Rainer war schon als Kind so, ich weiß auch nicht, warum. Weißt du, wir hatten eine Tante, die ich nicht leiden konnte. Und einmal habe ich im Garten eine tote Maus gefunden und mit zur Tante genommen. Ich habe sie ihr heimlich in den Küchenschrank gelegt, glaube ich. Jedenfalls irgendwohin, wo sie sie finden mußte. Und Rainer hat sich aufgeführt wie der letzte Mensch. Von wegen eklig und so."

Die Mutter lacht immer noch, der Vater lacht auch.

Simone schiebt ihre Hand in die Känguruhtasche. Goethe kriecht in ihren Ärmel und läuft an ihrem Arm hoch.

„Wirklich komisch, wie Onkel Rainer sich aufgeführt hat", sagt Simone. „Ihr würdet euch nicht so anstellen, oder?"

„Nein, natürlich nicht", sagt die Mutter und dreht sich wieder nach vorn. „Aber du würdest ja auch nie eine Ratte heimbringen."

Goethe krabbelt am Halsausschnitt heraus. Simone hebt die Hand und setzt ihn zurück in die Tasche.

„Jedenfalls bin ich froh, daß es dir bei Onkel Rainer und Tante Lore so gut gefallen hat“, sagt die Mutter.

„Und bei Astrid“, sagt Simone.

Draußen flitzt Landschaft vorbei, und Goethe knabbert am Käse. Simone kann es genau fühlen. Sein Fell ist sehr weich.

Simone grinst.

Für junge Leute

Christa König

Laurins Geheimnis

Die faszinierende Geschichte zweier Brüder, die unversehens in eine andere, längst vergangene Welt geraten, wo sie die wunderbarsten und aufregendsten Dinge erleben. Eine spannende und poetische Erzählung.

Christa König

Federmantel

Eine märchenhafte Geschichte von literarischer Qualität: Die Menschheit wird der Vögel beraubt. Sie werden gejagt und verfolgt, denn sie stehen symbolhaft dem Versuch im Wege, das Leben der Menschen auf eine Stufe herabzudrücken, die nur dem Materiellen verhaftet ist.

Jan Mark

Aquarius

Die märchenhaft-fantastische Erzählung von einem jungen Mann, der die Gabe besitzt, Wasser zu finden. Als er in einem fernen, vertrockneten Land zwischen Macht und Freundschaft wählen soll, entscheidet er sich für beides.